KB126808

글벗시선 207 2023연천국화전시회꽃시화전 작품집

당신 앞에 꽃을 피우고 싶어서

신광순 외

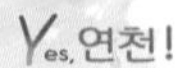

여러분을 초대합니다

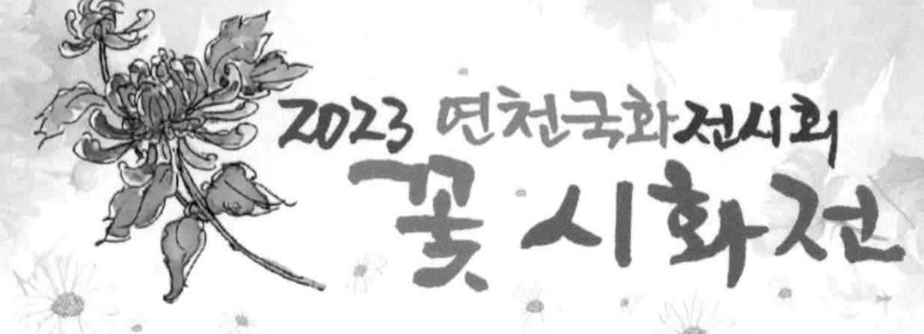

경기도 연천 구석기유적지와 종자와시인박물관에서 펼쳐지는 2023연천국화전시회 꽃시화전에 여러분을 초대합니다.
오색 국화꽃 천만 송이와 함께 대한민국의 시인 150명의 시화 작품을 만나보십시오.
아름다운 꽃과 시가 함께 만나는 가을의 행복을 응원합니다.

1. 전시기간

- 종자와시인박물관 2023.9.1.(금)~10.31.(화)
- 연천 전곡리 유적지 2023.10.14.(토)~10.29.(일)

2. 장소

- 종자와시인박물관
  (경기도 연천군 연천읍 현문로 433-27)
- 연천 전곡리 유적지
  (경기도 연천군 전곡읍 양연로 1510)

3. 참가작품

- 150명의 시인 걸개 시화와 엽서
- 전곡리 유적지 : 100편
- 종자와시인박물관 : 50편

4. 행사문의

2023연천국화전시회 꽃시화전 담당자 :
☎ 010-2442-1466

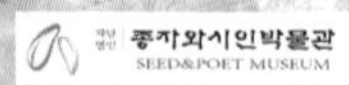

유네스코 인증 자연환경을 품은 연천국화전시회

2023 연천군 국화전시회

2023. 10. 14(토) ~ 10. 29(일)

연천전곡리 선사유적지 일원

주소 : 경기도 연천군 전곡읍 양연로 1510

국화 향기를
구석기에 전하다

▶ 주 최 : 연천군 ▶주 관 : 연천군농업기술센터

▶ 후 원 : (사)한국방송연기자협회, 연천군국화동호회

시화전 풍경

시조 글벗 최봉희

연천의 시비공원 수놓은 말글 잔치
찾아온 사람들은 해맑게 눈을 씻고
산새들 신나는 노래 풀벌레도 춤춘다

종자와 시인
박물관

글벗문학회
시화전

서시

시화전 풍경

– 시조 글벗 최봉희, 손글씨 박승희

연천의
시비 공원
수놓은 말글 잔치

찾아온
사람들은
해맑게 눈을 씻고

산새들
신나는 노래
풀벌레도 춤춘다

차 례

가을에 그린 그림

강자앤

늦은 가을을
정갈한 질서로 세우고
채색하는 그대는
노랗고 하얗게 붉은 빛으로
그림을 그립니다

방황하는 영혼은
한 줄로 국화꽃 들고
화동처럼 따라갑니다
그윽한 향기에
고운 꿈 안고 떠나갑니다

천둥과 번개
거센 비바람을
모두 이겨냈기에
황홀한 달빛과 오색 낙엽들은
저들만의 존재로 눈부십니다

시월이 아름다운 것은
가는 그대가 있기 때문입니다
아무도 모르게 가더라도
보고픈 마음에
다시 그대를 찾아오렵니다

가을에 그린 그림

- 시 강자앤

늦은 가을을
정갈한 질서로 세우고
채색하는 그대는
노랗고 하얗게 붉은 빛으로
그림을 그립니다

방황하는 영혼은
한 줄로 국화꽃 들고
화동처럼 따라갑니다
그윽한 향기에
고운 꿈 안고 떠나갑니다

천둥과 번개
거센 비바람을
모두 이겨냈기에
황홀한 달빛과 오색 낙엽들은
저들만의 존재로 눈부십니다

시월이 아름다운 것은
가는 그대가 있기 때문입니다
아무도 모르게 가더라도
보고픈 마음에
다시 그대를 찾아오렵니다

동행(6)

강자앤

당신과
언제나
길을 걷고
있습니다

햇살 아래
그림자

분명 하나인데

당신은 나 하나의
사랑인가?

영원한 동행이
아닐까요?

동행(6)

- 시 강자앤

당신과
언제나
길을 걷고
있습니다

햇살 아래
그림자

분명 하나인데

당신은 나 하나의
사랑인가?

영원한 동행이
아닐까요?

꽃
강종원
사람들이
표정이
달라졌다
이유는 단 하나.
꽃이란다
화기가 돈다
입맛이 당긴다.
희망을
맛본 사람
아름다운 눈빛
꽃이 눈에도
되었다
계묘년 봄날에 려송붓질
사진출처 김기영作

꽃

– 시 강종원, 손글씨 려송 김영섭

사람들의 표정이 달라졌다
이유는 딱 하나
꽃이란다
화기가 돈다
입맛이 당긴다
희망을 맛본 사람
아름다운 눈빛
꽃이 눈에도 피었다

소금

시 강종원
손글씨 도담 이양희

짜다
인생에 질감을
여름비가 생색을 더하니
너무 짜다
온몸이 소금으로
범벅이 되었네
습도 불쾌감 더위
짠 소금이 한두가지가 아니다
봄날이 모두 떠난 자리에
소금만 남았네
요새 몸값이 많이 오른 소금
그것 하나로 위안 삼자니
여름맛이 너무 짜다

소금

– 시 강종원, 손글씨 도담 이양희

짜다
인생에 질감을
여름비가 생색을 더하니
너무 짜다
온몸이 소금으로
범벅이 되었네
습도 불쾌감 더위
짠소금이 한두 가지가 아니다

봄날이 모두 떠난 자리에
소금만 남았네

요새 몸값이 많이 오른 소금
그것 하나로 위안을 삼자니
여름 맛이 너무 짜다

가을 속의 국화

심전 고정숙

조계사 대웅전 앞
국화꽃 형형색색

들리는 합창소리
가을을 노래하네

화려한
조형물 안에
예쁜 그림 그린다

눈부신 한낮 햇살
시선은 게슴츠레

국화도 윙크하는
미소는 아름답다

오가는 사람들마다
웃음꽃이 피었다

가을 속의 국화

- 시조 심전 고정숙

조계사 대웅전 앞
국화꽃 형형색색

들리는 합창소리
가을을 노래하네

화려한
조형물 안에
예쁜 그림 그린다

눈부신 한낮 햇살
시선은 게슴츠레

국화도 윙크하는
미소는 아름답다

오가는 사람들마다
웃음꽃이 피었다

국화의 계절

심전 고정숙

길가에 피어난 꿈
소담한 국화 향기
고개를 쭉 내밀어
하늘을 바라본다
앞다퉈
꽃을 피워서
향기까지 만든다

따뜻한 가을 햇살
살포시 미소짓고
꽃잎에 윙크하니
바람도 스쳐간다
코로나
아랑곳 않고
국화꽃은 피는 중

국화의 계절

- 시 고정숙

길가에 피어난 꿈
소담한 국화 향기
고개를 쭉 내밀어
하늘을 바라본다
앞다퉈
꽃을 피워서
향기까지 만든다

따뜻한 가을 햇살
살포시 미소 짓고
꽃잎에 윙크하니
바람도 스쳐간다
코로나
아랑곳 않고
국화꽃은 피는 중

공생과 나눔

계향 곽정순

숲은 피고 지고
다시 생명의 녹음을 키운다
씨앗을 맺고
흘린 씨앗을 새가 먹고
짐승의 먹이가 되어
배설한 토양 위에 풀과 나무가 자란다
다시 생기를 얻는 숲
자연은 나눔을 실천하며 푸르게 숲을 키운다

공생과 나눔

- 시 계향 곽정순

숲은 피고 지고
다시 생명의 녹음을 키운다
씨앗을 맺고
흘린 씨앗을 새가 먹고
짐승의 먹이가 되어
배설한 토양 위에 풀과 나무가 자란다
다시 생기를 얻는 숲
자연은 나눔을 실천하며 푸르게 숲을 키운다

무궁화꽃

桂響 곽정순

오방색
온 세상 비추고
태극 문양 빨강 파랑
건곤감리(乾坤坎離)
태극기 휘날리며
팔월의 무궁화꽃이
피었다

그날이 오면
천사의 흰 나래
고귀한 숨결 홀연히 사르다
순결한 몸
고이 접어 떨어진
꽃 눈물
뿌려놓고 가신 임

무궁화꽃

– 시 桂響 곽정순

오방색
온 세상 비추고
태극 문양 빨강 파랑
건곤감리(乾坤坎離)

태극기 휘날리며
팔월의 무궁화꽃이
피었다

그날이 오면
천사의 흰 나래
고귀한 숨결 홀연히 사르다
순결한 몸
고이 접어 떨어진
꽃 눈물
뿌려놓고 가신 임

그 꽃

김고은향

철 따라 바람이 먼저 오는
성산 다라미 언덕 끝 나무에
투명한 하늘이 삽니다

깍아지른 폭포 옆
철모를 소녀들 모여
무어라 떠들어도

한마디 변명도 없이
푸른 치마 그늘을 만들며
눈길 가지 않은 작은 꽃의
덤불 속 사이사이 향 내음은

첫사랑 품속처럼
애달퍼집니다

그 꽃

\- 시 김고은향

철 따라 바람이 먼저 오는
성산 다라미언덕 끝 나무에
투명한 하늘이 삽니다

깎아지른 폭포 옆
철모를 소녀들 모여
무어라 떠들어도

한마디 변명도 없이
푸른 치마 그늘을 만들며
눈길 가지 않은 작은 꽃의
덤불 속 사이사이 향 내음은

첫사랑 품속처럼
애달파집니다

소꿉친구

김고은향

어느 여름을 기억하고 있을까

별빛 쏟아져 내리던
어느 들녘 향기로운 풀꽃으로 흔들리고 있을까

행여 너일까
우물가 장독대서 납작 돌에 소꿉놀이하던
오십 년 두근두근 찾아 헤맨 내 마음을

포천서 여섯 살에 이사 간
호섭이와 명자는
알까?

소꿉친구

- 시 김고은향

어느 여름을 기억하고 있을까

별빛 쏟아져 내리던 어느 들녘
향기로운 풀꽃으로 흔들리고 있을까

행여 너일까
우물가 장독대서 납작돌에 소꿉놀이하던
오십 년 두근두근 찾아 헤맨 내 마음을

포천서 여섯 살에 이사 간
호섭이와 명자는

알까?

님아

김나경

이 가을에는

향기 가득한
국화밭에서
너랑 나랑
청춘의 기차를 타고
하늘의 태양과 구름을 만나보자

아니,
밤에는 달도 별도 만나보자꾸나?

님아

- 시 김나경

이 가을에는

향기 가득한
국화밭에서
너랑 나랑
청춘의 기차를 타고
하늘의 태양과 구름을 만나보자

아니,
밤에는 달도 별도 만나보자꾸나?

마술사

김나경

오천원에 가을을 사 왔다.
햇볕 잘 드는 창가에 두고
피어라, 피어라, 주문을! 걸었다

하루에 한 번
예쁘다 말을 걸어 주었더니
바람이 잔잔하고 햇살 가득한 날
노란 국화꽃이 피었다

얼굴을 가까이 대고
눈을 감았다 뜨니
세상이 온통 꽃밭이다

향기로 마음을 쓰다듬어 주는 가을을
아!
이 가을을 오천원에 샀다.

마술사

- 시 김나경

오천 원에 가을을 사 왔다.
햇볕 잘 드는 창가에 두고
피어라, 피어라, 주문을! 걸었다

하루에 한 번
예쁘다 말을 걸어 주었더니
바람이 잔잔하고 햇살 가득한 날
노란 국화꽃이 피었다

얼굴을 가까이 대고
눈을 감았다 뜨니
세상이 온통 꽃밭이다

향기로 마음을 쓰다듬어 주는 가을을
아!
이 가을을 오천 원에 샀다.

꽃잎

홍송 김명희

제 한 몸 견디지 못해
돌계단에 떨어진
꽃 한 송이

밤새 불던 비바람에
제 몸 흩어지는
아픔을 겪었나 보다

한낮의 꿈 같은 인생

사람아
사람아
잘난 체하지 마라

꽃잎이 네게로 와
무언의 향기로 남는다

꽃잎

- 시 홍송 김명희

제 한 몸 견디지 못해
돌계단에 떨어진
꽃 한 송이

밤새 불던 비바람에
제 몸 흩어지는
아픔을 겪었나 보다

한낮의 꿈 같은 인생

사람아
사람아
잘난 체하지 마라

꽃잎이 네게로 와
무언의 향기로 남는다

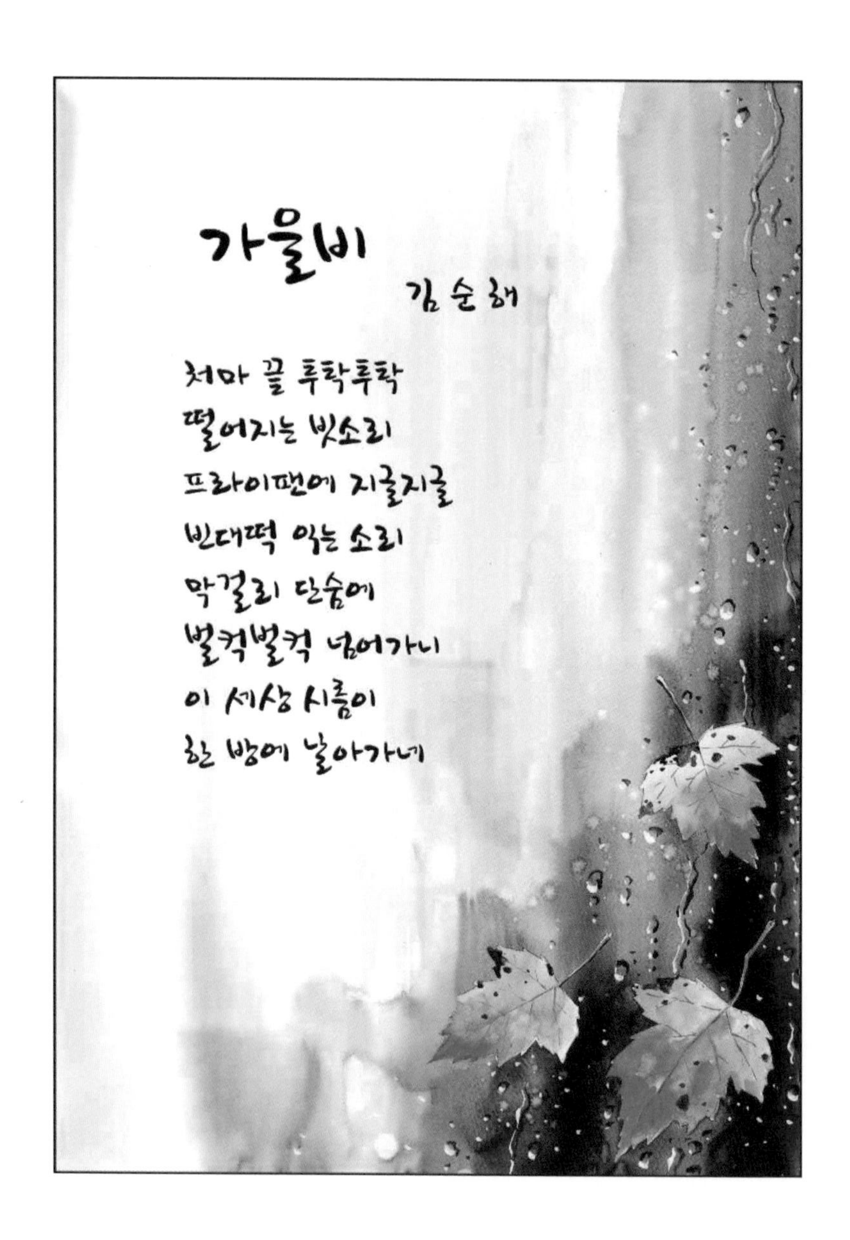
가을비
김순해
처마 끝 후락후락
떨어지는 빗소리
프라이팬에 지글지글
빈대떡 익는 소리
막걸리 단숨에
벌컥벌컥 넘어가니
이 세상 시름이
한 방에 날아가네

가을비

- 시 김순해

처마 끝 투탁투탁
떨어지는 빗소리
프라이팬에 지글지글
빈대떡 익는 소리
막걸리 단숨에
벌컥벌컥 넘어가니
이 세상 시름이
한 방에 날아가네

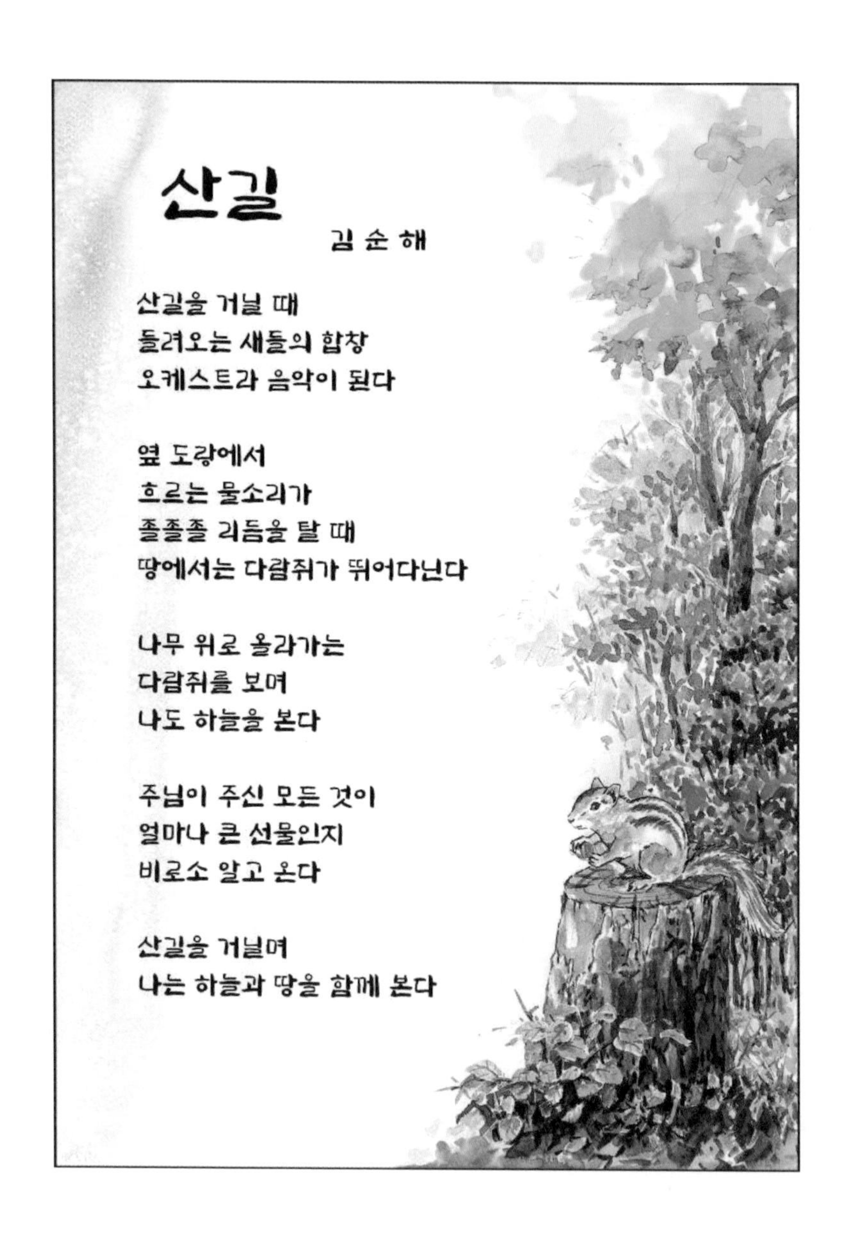

산길

김 순 해

산길을 거닐 때
들려오는 새들의 합창
오케스트라 음악이 된다

옆 도랑에서
흐르는 물소리가
졸졸졸 리듬을 탈 때
땅에서는 다람쥐가 뛰어다닌다

나무 위로 올라가는
다람쥐를 보며
나도 하늘을 본다

주님이 주신 모든 것이
얼마나 큰 선물인지
비로소 알고 온다

산길을 거닐며
나는 하늘과 땅을 함께 본다

산길

– 시 김순해

산길을 거닐 때
들려오는 새들의 합창
오케스트라 음악이 된다

옆 도랑에서
흐르는 물소리가
졸졸졸 리듬을 탈 때
땅에서는 다람쥐가 뛰어다닌다

나무 위로 올라가는
다람쥐를 보며
나도 하늘을 본다

주님이 주신 모든 것이
얼마나 큰 선물인지
비로소 알고 온다

산길을 거닐며
나는 하늘과 땅을 함께 본다

가을의 속삭임

김 인 수

가을바람이
불어와 속삭인다

내 마음에 옷깃을 여미며
헤집고 들어온다

길섶에서 우는 풀 벌레 소리
가을의 향기 품고
초록 이파리에 노랗게, 빨갛게
가을옷을 입는다

높고 높은 파란 하늘
내가 닮을 수만 있다면
국화꽃 옆에서
사랑의 노래를 부르련다.

저 푸른 들판에 앉아
종달새처럼
가을을 노래하련다

가을의 속삭임으로 ……

가을의 속삭임

\- 시 김인수

가을바람이
불어와 속삭인다

내 마음에 옷깃을 여미며
헤집고 들어온다

길섶에서 우는 풀 벌레 소리
가을의 향기 품고
초록 이파리에 노랗게, 빨갛게
가을옷을 입는다

높고 높은 파란 하늘
내가 닮을 수만 있다면
국화꽃 옆에서
사랑의 노래를 부르련다.

저 푸른 들판에 앉아
종달새처럼
가을을 노래하련다

가을의 속삭임으로…

가을 맞이

김재기

살랑살랑 바람이
가을명찰을 달고 올 때면
길가엔 코스모스
수줍은 듯 맞이한다

빨강 하얀 분홍에 옷을 입고
향수공장 대표인 국화가
가을을 선포하면
메밀꽃 천일홍 맨드라미
이름 모를 들풀까지도
가을을 찬양하며 춤춘다

밤이 오면
해바라기 조명 속에
갈대와 억새풀이 바람과 동행한다
살랑살랑 가을바람이 분다

들녘에도
추수하는 농부에게도
이렇게 가을을 맞이하고
내 임도 마중한다

가을맞이

- 시 김재기

살랑살랑 바람이
가을 명찰을 달고 올 때면
길가엔 코스모스
수줍은 듯 맞이한다

빨강 하얀 분홍에 옷을 입고
향수공장 대표인 국화가
가을을 선포하면
메밀꽃 천일홍 맨드라미
이름 모를 들풀까지도
가을을 찬양하며 춤춘다

밤이 오면
해바라기 조명 속에
갈대와 억새풀이 바람과 동행한다
살랑살랑 가을바람이 분다

들녘에도
추수하는 농부에게도
이렇게 가을을 맞이하고
내 임도 마중한다

국화꽃 유치원

김정숙

유치원 앞마당 꽃밭에
어린아이를 닮은
노란 국화꽃이 피었다.
어느날 꽃밭을 보니
선생님 닮은
보라색 국화꽃이 웃는다.

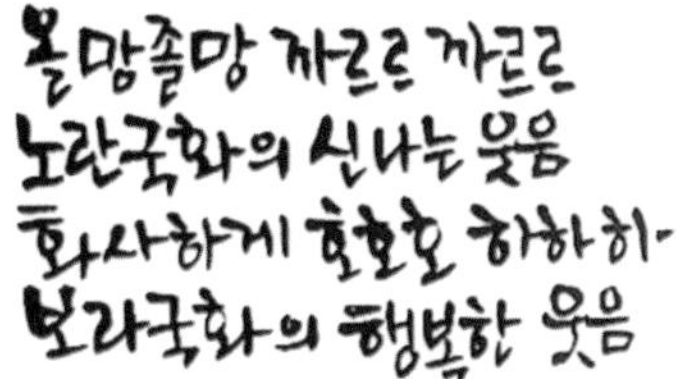

국화꽃 유치원

- 시 김정숙

유치원 앞마당 꽃밭에
어린아이를 닮은
노란 국화꽃이 피었다
어느 날 꽃밭을 보니
선생님 닮은
보라색 국화꽃이 웃는다

올망졸망 까르르 까르르
노란 국화의 신나는 웃음
화사하게 호호호 하하하
보라 국화의 행복한 웃음

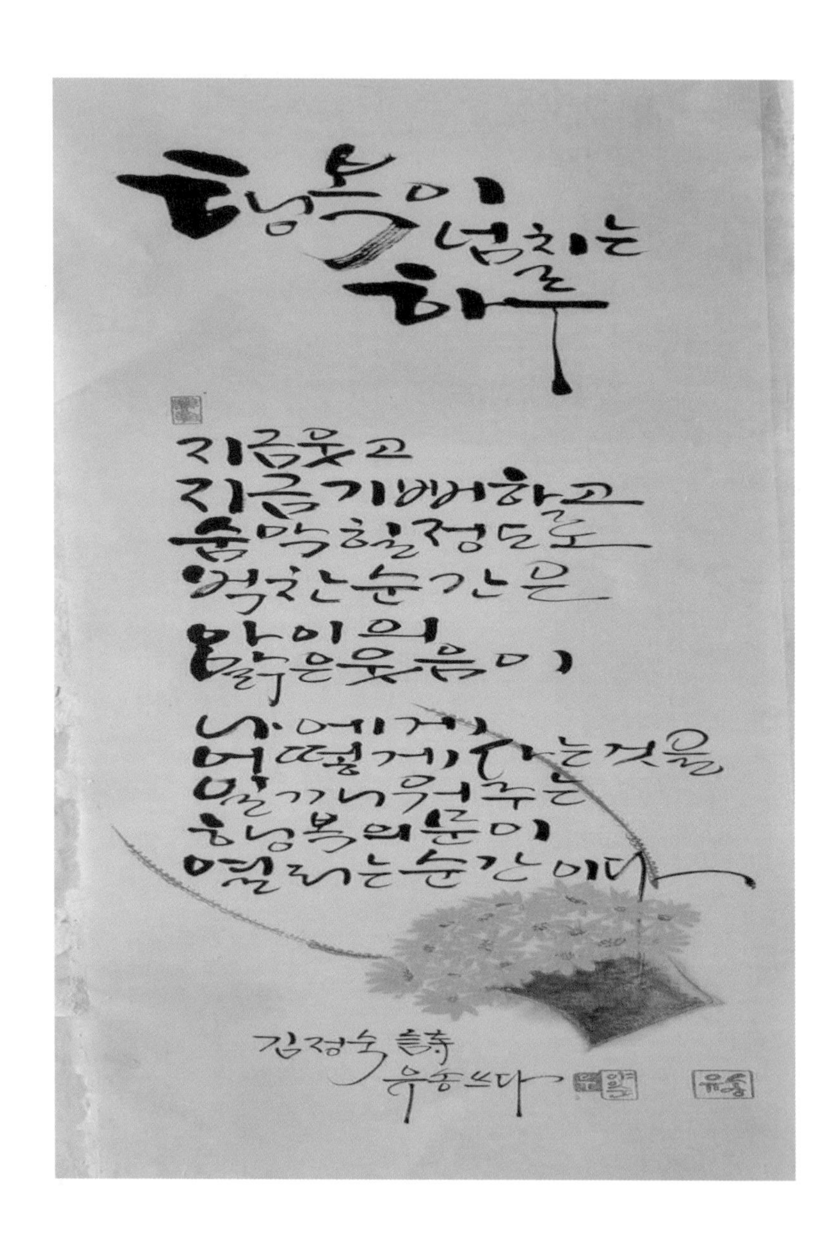
행복이 넘치는 하루
지금 웃고
지금 기뻐하고
숨막힐 정도로
벅찬 순간은
아이의
밝은 웃음이
나에게
어떻게 다가오는 것을
일깨워주는
행복의 문이
열리는 순간이다
김정숙 詩
유송 쓰다

행복이 넘치는 하루

\- 시 김정숙

\- 손글씨 유송 우양순, 그림 홍성창

지금 웃고
지금 기뻐하고
숨막힐 정도로
벅찬 순간은
아이의
맑은 웃음이

나에게
어떻게 사는 것을
일깨워주는
행복의 문이
열리는 순간이다

가을의 선물

김정현

형형색색 피어난
천만 송이 꽃길 따라

꽃향기 가슴에 품고
가을향기에 취하던 날

산기슭 계곡마다
단풍이 붉게 타고
가을이 익어가는

한탄강 물길 따라
흘러간 청춘은
강물이었네

가을이 오는 길목
노란 꽃망울
활짝 피어

산들바람에
흔들며 날 보고
웃으며 춤추는 가을
인생은 그렇게 흐르는가

가을의 선물

– 시 김정현

형형색색 피어난
천만 송이 꽃길 따라

꽃향기 가슴에 품고
가을향기에 취하던 날

산기슭 계곡마다
단풍이 붉게 타고
가을이 익어가는

한탄강 물길 따라
흘러간 청춘은
강물이었네

가을이 오는 길목
노란 꽃망울
활짝 피어

산들바람에
흔들며 날 보고
웃으며 춤추는 가을
인생은 그렇게 흐르는가

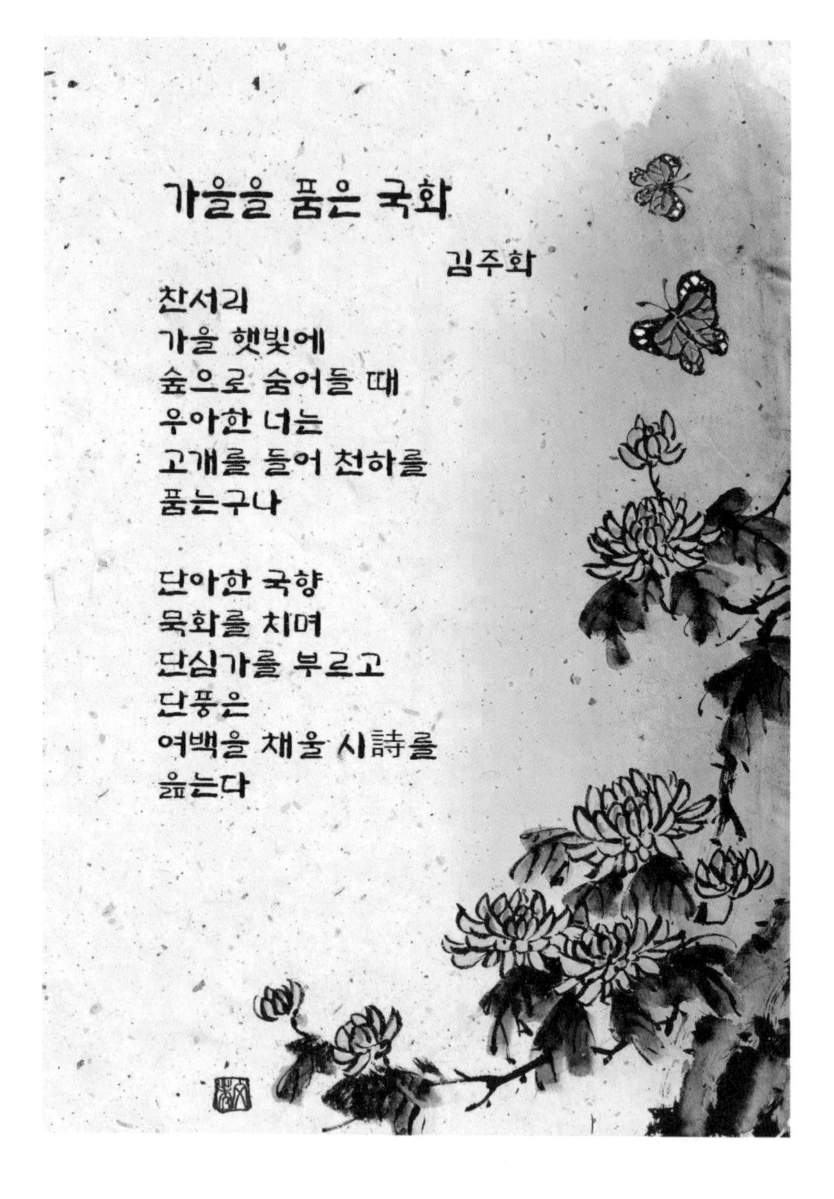
가을을 품은 국화
김주화
찬서리
가을 햇빛에
숲으로 숨어들 때
우아한 너는
고개를 들어 천하를
품는구나
단아한 국향
묵화를 치며
단심가를 부르고
단풍은
여백을 채울 시詩를
읊는다

가을을 품은 국화

\- 시 김주화

찬서리
가을 햇빛에
숲으로 숨어들 때
우아한 너는
고개를 들어 천하를
품는구나

단아한 국향
묵화를 치며
단심가를 부르고
단풍은
여백을 채울 시詩를
읊는다

싸늘히
식어버린 마음에
따뜻한
차 한 잔으로
마음을 녹이고
외로움에 지친 고독,
마음으로 삭이며
마시다 남은
식은 차처럼
여린 사랑도 잊혀지니
그리움으로 남아오지만
피고지는
봄꽃처럼 마음에도
작은
꽃 한송이
피워봐야
겠네!

그리움 김정태 글 지성옥 쓰다

그리움

– 시 김지희, 손글씨 목하 김기성

싸늘히
식어버린 마음에
따뜻한
차 한잔으로
마음을 녹이고
외로움에 지친 고독
마음으로 삭이며
마시다 남은
식은 차처럼
옛사랑도 잊혀져
그리움으로 남아 있지만
피고 지는
봄꽃처럼 마음에도
작은
꽃 한 송이
피워 봐야겠네

백연 빗줄기에

- 시 야을 김지희, 손글씨 유송 우양순 그림 홍성창

만고에 시련 끝에
한 송이 피어냈다
우아한 백연송이

빗줄기에 힘 없이
눈물 방울 쪼르륵
장맛 비 야속하다

우아하게 가는 길
바삐도 재촉하네
내 의지 상관없이
난 떠나가네

국화

김희추

꽃단풍 떠나간 스산한 하늘길
달빛 타고 내리는 무서리
뜨락에 곤히 잠든 국화에 스미고
행여 티끌 하나 묻힐세라

첫새벽 조신조신 다가가
산고에 흐느끼는 조산의 진통에
한 방울 국로수로 갈증을 풀어주며
만개의 순산에 힘을 보탠다

초연한 가을의 군자답게
꿋꿋한 절개와 지조, 고상한 자태는
올곧은 선비의 표상이려니
과연 오상고절(傲霜孤節)이다

국화

\- 시 김희추

꽃단풍 떠나간 스산한 하늘길
달빛 타고 내리는 무서리
뜨락에 곤히 잠든 국화에 스미고
행여 티끌 하나 묻힐세라

첫새벽 조신조신 다가가
산고에 흐느끼는 조산의 진통에
한 방울 국로수로 갈증을 풀어주며
만개의 순산에 힘을 보탠다

초연한 가을의 군자답게
꿋꿋한 절개와 지조, 고상한 자태는
올곧은 선비의 표상이려니
과연 오상고절(傲霜孤節)이다

달밤을 지새며

나일환

은은한 등불 되어
꿈길 곱게 걸으시게
어젯밤 따온 달
임의 창가에 걸어둡니다

둥근달 별 동무하고
하늘을 걷다가 보니
임의 환한 얼굴을 기다리며
잠 못 이룬 내 모습은
잿빛 토끼가 되었네요

달밤을 지새며

– 시 나일환

은은한 등불 되어
꿈길 곱게 걸으시게
어젯밤 따온 달
임의 창가에 걸어둡니다

둥근달 별 동무하고
하늘을 걷다가 보니
임의 환한 얼굴을 기다리며
잠 못 이룬 내 모습은
잿빛 토끼가 되었네요

단풍

박공수

늘그막에 등단하여
초등생 기분으로 따라나선 문학기행
세상이 온통 단풍 단풍 단풍
마지막 타는 불이 나를
홍안으로 만들 때

문득, 우리 벚꽃놀이 한 번 갑시다
알았어. 우리도 단풍 구경 한 번
가 봅시다. 알았어 알았어 하던
놓쳐버린 세월을 허공에서 찾는다

마침 발 위에 떨어지는 단풍 두 장
처음 만난 것처럼 불그레하다만
책갈피 속에 끼워 놓고 나는 다시
어쩔 수 없는 고학년이 되고 만다

단풍

\- 시 박공수

늘그막에 등단하여
초등생 기분으로 따라나선 문학기행
세상이 온통 단풍 단풍 단풍
마지막 타는 불이 나를
홍안으로 만들 때

문득, 우리 벚꽃놀이 한 번 갑시다
알았어. 우리도 단풍 구경 한 번
가 봅시다. 알았어 알았어 하던
놓쳐버린 세월을 허공에서 찾는다

마침 발 위에 떨어지는 단풍 두 장
처음 만난 것처럼 볼그레하다만
책갈피 속에 끼워 놓고 나는 다시
어쩔 수 없는 고학년이 되고 만다

연천의 희망

박귀자

갈증에 타들어 간
휘어진 꽃봉오리

입가에 묻어나는
노을 닮은 은은한 향

그 임은
언제 오실까
스스로 떨군 꽃비

가을의 가슴 적신
시인과 종자 축제

지천이 향기 속에
여심은 피어나네

연천의
새로운 도약
글벗의 꿈 담는다

연천의 희망

\- 시 박귀자

갈증에 타들어 간
휘어진 꽃봉오리

입가에 묻어나는
노을 닮은 은은한 향

그 임은
언제 오실까
스스로 떨군 꽃비

가을의 가슴 적신
시인과 종자 축제

지천이 향기 속에
여심은 피어나네

연천의
새로운 도약
글벗의 꿈 담는다

들국花

사랑에 빠졌다.
가을을 울던 만나
시인은
헝어진 줄게임
울긋불긋 상상소
한잔
이리어넌 꽃잎
가슴을 채워보려
꽃주잔자리 빙빙
가을 한 줄에
기울어진
추흥 주는 가을향
바람을 유혹하며
내 마음에 꺼라고
너에게 취해 버린

박귀자 글
려송붓질

들국화

– 시 박귀자, 손글씨 려송 김영섭

너에게 취해버린
내 마음 어쩌라고

바람을 유혹하며
가을은 춤을 추네

짙어진
가을 하늘에
고추잠자리 빙빙

가을을 채워보려
읽어낸 꽃 잎 한 장

상상 속 울긋불긋
흩어진 퍼즐게임

시인은
가을을 만나
사랑에 푹 빠졌다

신호

박귀자

몇 밤을 새워 기도를 했다

깊은 잠에서 깨어나

훌훌 털고 나를 불러주길

깊은 수심에서 나를 꺼내줄

너에게

시그널을 보낸다 사랑해

신호

– 시 박귀자

몇 밤을 새워 기도를 했다
깊은 잠에서 깨어나
훌훌 털고 나를 불러주길
깊은 수심에서 나를 꺼내줄
너에게
시그널을 보낸다 사랑해

여름연시

박귀자

가느냐 정녕
그토록 뜨겁게 불 태우더니
기력을 잃었느냐
젊음을 태우듯 한순간 달구더니
어쩔수 없는 세월에 밀려 서럽더냐
쓸쓸히 돌아가는 길에 비바람 함께
울어주고 한때 불태웠던
지난 흔적 말끔히 씻기라도 하듯
흔적조차 느낄 수 없다
사라져버린 휑한 빈 자리에
갈바람 묻혀 실려오는 국화향기 은은하게
내 마음 설레게 한다
다시 만날 우리
잘가
뜨거웠던 나의 사랑아

여름연시

-시 박귀자

가느냐 정녕
그토록 뜨겁게 불태우더니
기력을 잃었느냐
젊음을 태우듯 한순간 달구더니
어쩔 수 없는 세월에 밀려 서럽더냐
쓸쓸히 돌아가는 길에 비바람 함께
울어주고 한때 불태웠던
지난 흔적 말끔히 씻기라도 하듯
흔적조차 느낄 수 없다
사라져버린 휑한 빈 자리에
갈바람 묻혀 실려 오는 국화 향기 은은하게
내 마음 설레게 한다
다시 만날 우리
잘 가
뜨거웠던 나의 사랑아

운전 인생
박도일
아니 벌써
여기까지 왔네
후진 기어가 없는 인생
유턴은 안될까
네비 말만 듣고 왔는데
아
원래 목적지 없이 길 나섰구나
아찔했던 순간도 많았어
그래도
무사히 건너 왔잖아
사랑을
차창가를 스치는
아름다운 풍경이었어
그래
그냥 앞만 보고 주욱 가는거야
운전 중 뒤돌아 보면 안돼
010 9391 1338
내 차 넘버만
기억하면
돼

운전 인생

- 시와 손글씨 박도일

아니 벌써 여기까지 왔네
후진 기어가 없는 인생
유턴은 안 될까
네비 말만 듣고 왔는데
아
원래 목적지 없이 길 나섰구나
아찔했던 순간도 많았어
그래도
무사히 건너왔잖아
사랑은
차창 가를 스치는 아름다운 풍경이었어
그래
그냥 앞만 보고 주욱 가는 거야
운전 중 뒤돌아보면 안 돼
010 9391 1338
내 차 넘버만 기억하면 돼

가을 꽃길

박은주

햇살이 투명하다
내가 걷는 꽃길만
가을이 온 건 아니겠지

나의 눈과 귀가
닿지 않은 어딘가도
바람이 스치는 자리마다
펼쳐지는 꽃들의 향연

꿈결처럼 일어서는
희망의 무지갯빛
가을 국화밭

그대의 손을 잡는다
눈부신 햇살이 임에게 닿아
그대 맘에 꽃길처럼 흐른다

새소리 정다운
가을빛에 머물러
여유로운 느림으로
오래 머물고 싶다

가을 꽃길

– 시 박은주

햇살이 투명하다
내가 걷는 꽃길만
가을이 온 건 아니겠지

나의 눈과 귀가
닿지 않은 어딘가도
바람이 스치는 자리마다
펼쳐지는 꽃들의 향연

꿈결처럼 일어서는
희망의 무지갯빛
가을 국화밭

그대의 손을 잡는다
눈부신 햇살이 임에게 닿아
그대 맘에 꽃길처럼 흐른다

새소리 정다운
가을빛에 머물러
여유로운 느림으로
오래 머물고 싶다

개망초

박하경

밟아서
흔해서
바람에 흔들리는 자태도
뵈지 않는 개망초
뭉클한 젖내 끓어오르는
고향에 지천으로 흔들리던
어머니 치마자락에 묻어
뽀얗게 무수한 안개로 흔들리며
눈물 같았던 새하얀 바다
들녘 가득 고여
눈시울을 채우었던 무심한
손수건 같았던
곱다란 속눈으로 오늘을
지나는 날 불쌍아 눈 흘긴다
지금은 잊었느냐고
뽀얀 신작로에 하얗게 서 있던
여인의 속곳 같은
아늑한 그리움이지 않느냐고

개망초

– 시 박하경, 손글씨 장산 박도일

많아서
흔해서
바람에 흔들리는 자태도
뵈지 않는 개망초
뭉클한 젖내 끓어오르는
고향에 지천으로 흔들리던
어머니 치맛자락에 묻어
뽀얗게 무수한 안개로 흔들리며
눈물 같았던 새하얀 바다
들녘 가득 고여
눈시울을 채웠던 무심한
손수건 같았던
곱다란 실눈으로 오늘은
지나는 날 붙잡아 눈 흘긴다
지금은 있었느냐고
뽀얀 신작로에 하얗게 서 있던
여인의 속곳 같은
아슴한 그리움이지 않냐고

누구나 한번쯤 섬이기를

박하경

홀로이길
겁대가리 없이 갈망하다
섬이 되었던 날
떠다니던 자유를 깃대에
꽂아
왕국을 선포하고 문패를 달던 날
허무의 안개로 짙은 닻을 내리던 날
희끄무레한 철학의 덧셈으로 탄생한
오만의 거울을
마주하던
날

누구나 한 번쯤 섬이기를

- 시 박하경, 손글씨 도담 이양희

홀로 이 길
겁대가리없이 갈망하다
섬이 되던 날
떠다니던 자유를 깃대에
꽂아
왕국을 선포하고 문패를 달던 날
허무의 안개로 짙은 닻을 내리던 날
희끄무레한 철학의 덧셈으로 탄생한
오만의 겨울을 마주하던 날

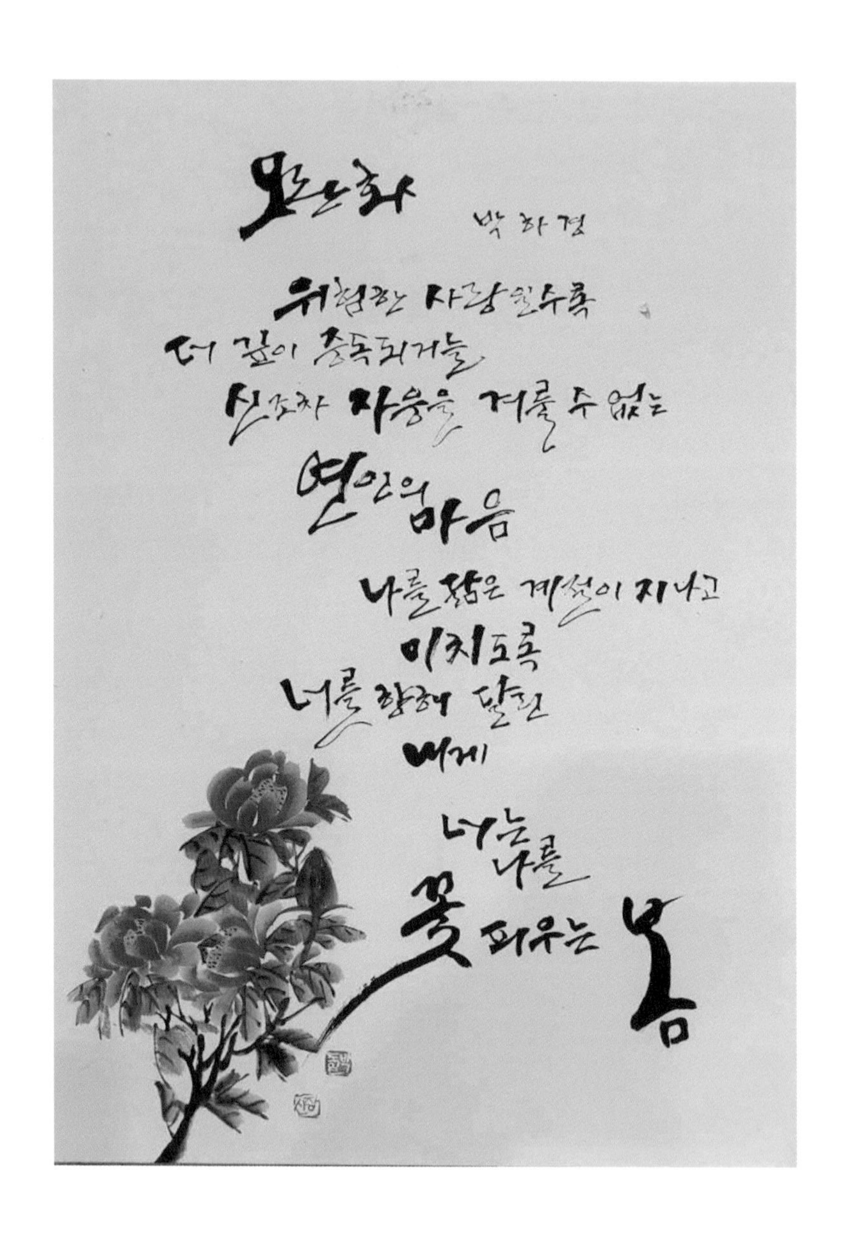
모란화
박 하 경
위험한 사랑일수록
더 깊이 중독되거늘
신조차 자유를 거를 수 없는
연인의 마음
나를 닮은 계절이 지나고
미치도록
너를 향해 달린
내게
너는
나를
꽃 피우는 봄

모란화

– 시 박하경, 손글씨 장산 박도일

위험한 사랑일수록
더 깊이 중독되거늘
신조차 자웅을 겨룰 수 없는
연인의 마음
나를 닮은 계절이 지나고
미치도록
너를 향해 달린
내게
너는 나를
꽃 피우는 봄

국화의 침묵

박하영

여러 개의 혀가 엉켜서
줄기 끝에 걸터 있다

깊이 갈라진 초록 손금들이
어긋난 혀를 따르고

칼 같은 혀꽃이
둥근 통꽃을 연민하나

오직 지조로써
향기로운 꿈을 이뤘다

해맑은 너의
찻잔 속에서

국화의 침묵

– 시 박하영

여러 개의 혀가 엉켜서
줄기 끝에 걸터 있다

깊이 갈라진 초록 손금들이
어긋난 혀를 따르고

칼 같은 혀꽃이
둥근 통꽃을 연민하나

오직 지조로써
향기로운 꿈을 이뤘다

해맑은 너의
찻잔 속에서

희망 마중

박 하 영

이루고자 하는 목표가 있다

자존심을 건드려도
감정을 눌러가며
옹이를 만든다

단단해지고 싶다

위기 상황을 호기 상황으로
바꾸려는데

또 비가 내린다

빗물이 스며
입김마저 시린 가을밤

국화꽃 향기에
다시 희망을

희망 마중

– 시 박하영

이루고자 하는 목표가 있다

자존심을 건드려도
감정을 눌러가며
옹이를 만든다

단단해지고 싶다

위기 상황을 호기 상황으로
바꾸려는데

또 비가 내린다

빗물이 스며
입김마저 시린 가을밤

국화꽃 향기에
다시 희망을

가을 너스레

방서남

강렬한 태양 양산에 구겨넣고
오늘도 빠른 행보 재촉을 한다

귓전에 흐르는 가을 연주 팔짱을 끼고
다다른 북서울 숲길 기다리는 벤치 위에
가을이 익어간다

청량제 같은 한줄기 바람
등골 가운데 어루만지니
물기에 젖어 처진 매무새 어느새 뽀송인다

구름 한 점 없는 호수 같은 하늘
나를 보고 다문 입술 살짝이 열어 반긴다

푸른 잎새 너울거림에 행복 한 줌 얹어 놓고
가을의 비등점에서 사랑을 만진다

가을 너스레

\- 시 방서남

강렬한 태양 양산에 구겨넣고
오늘도 빠른 행보 재촉을 한다

귓전에 흐르는 가을 연주 팔짱을 끼고
다다른 북서울 숲길 기다리는 벤치 위에
가을이 익어간다

청량제 같은 한 줄기 바람
등골 가운데 어루만지니
물기에 젖어 처진 매무새 어느새 뽀송인다

구름 한 점 없는 호수 같은 하늘
나를 보고 다문 입술 살짝이 열어 반긴다

푸른 잎새 너울거림에 행복 한 줌 얹어 놓고
가을의 비등점에서 사랑을 만진다

바람과 속삭이는 문필봉

방서남

가을이 첫발 딛는 문필봉 정상
바람골 어귀에 다소곳이 앉아
친구같은 푸른 노송 지긋하게 바라보니
미소가 행복을 머금는다

한동안 찾지 않아 잊었을까 걱정 중에
두 손 내어 품어주는 노송의 넓은 가슴
피톤치드 그득 담은 정성어린 선물처럼
맑은 하늘 붙잡고 시 한 수 읊조린다

시원한 바람 한 줌 어깨로 날아 앉아
적막을 두드리며 하나 또 하나
가슴 접어놓은 소중한 시간
청명한 하늘에 가을을 매달아 본다

바람과 속삭이는 문필봉

- 시 방서남

가을이 첫발 딛는 문필봉 정상
바람골 어귀에 다소곳이 앉아
친구같은 푸른 노송 지긋하게 바라보니
미소가 행복을 머금는다

한 동안 찾지않아 잊었을까 걱정 중에
두 손 내어 품어주는 노송의 넓은 가슴
피톤치드 그득 담은 정성어린 선물처럼
맑은 하늘 붙잡고 시 한 수 읊조린다

시원한 바람 한 줌 어깨로 날아 앉아
적막을 두드리며 하나 또 하나
가슴 접어 놓은 소중한 시간
청명한 하늘에 가을을 매달아본다

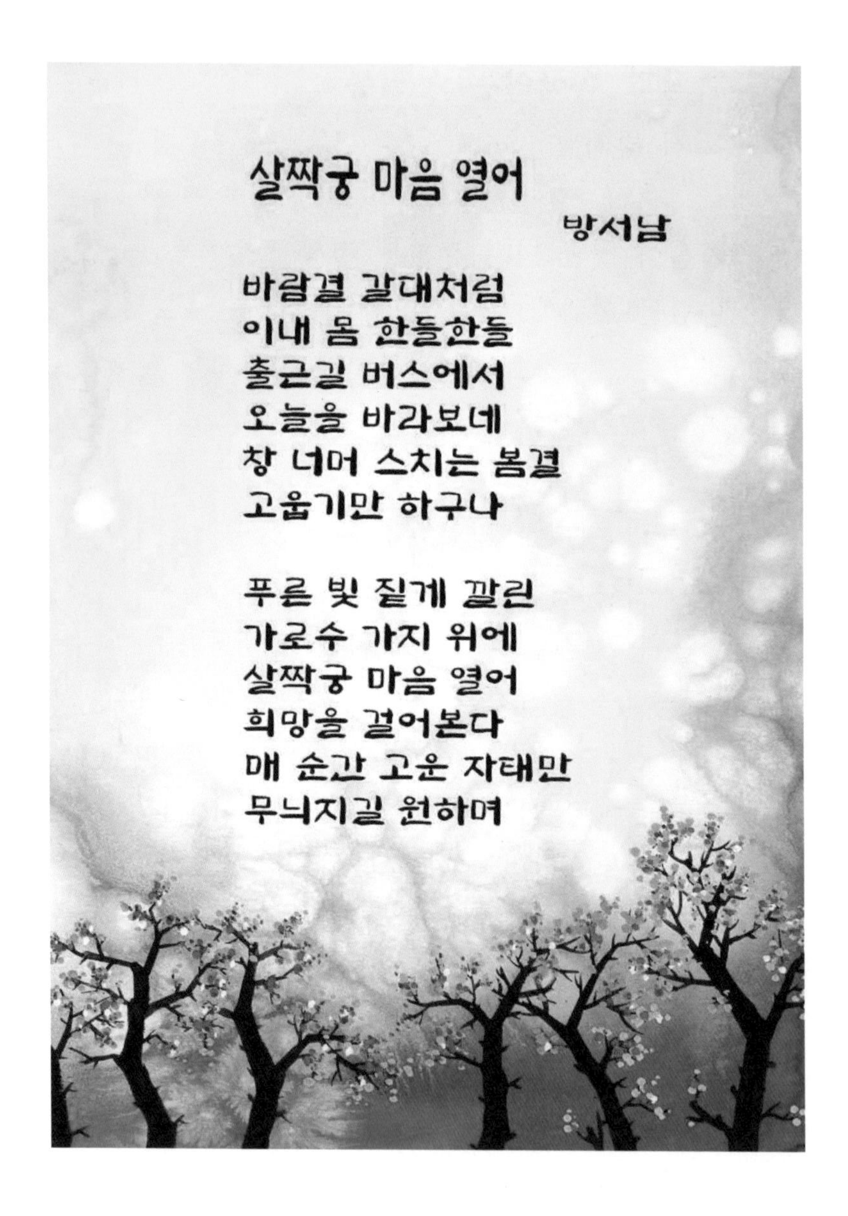
살짝궁 마음 열어
방서남
바람결 갈대처럼
이내 몸 한들한들
출근길 버스에서
오늘을 바라보네
창 너머 스치는 봄결
고웁기만 하구나
푸른 빛 짙게 깔린
가로수 가지 위에
살짝궁 마음 열어
희망을 걸어본다
매 순간 고운 자태만
무늬지길 원하며

살짝궁 마음 열어

– 시 방서남

바람결 갈대처럼
이내 몸 한들한들
출근길 버스에서
오늘을 바라보네
창 너머 스치는 봄결
고웁기만 하구나

푸른 빛 짙게 깔린
가로수 가지 위에
살짝궁 마음 열어
희망을 걸어본다
매 순간 고운 자태만
무늬지길 원하며

보리수 붉은 입술

방서남

비 젖은 잎새 사이
보리수 붉은 입술
슬며시 손 내밀어
소복이 따 안고서
보리수 탐스런 입술
달보드레 젖는다

흐르는 물줄기로
깨끗이 세안하고
그리운 임 기다리는
붉은빛 그대 입술
내 마음 머금은 사랑
꿀맛 같은 보리수.

보리수 붉은 입술

- 시 방서남

비 젖은 잎새 사이
보리수 붉은 입술
슬며시 손 내밀어
소복이 따 안고서
보리수 탐스런 입술
달보드레 젖는다

흐르는 물줄기로
깨끗이 세안하고
그리운 임 기다리는
붉은 빛 그대 입술
내 마음 머금은 사랑
꿀맛 같은 보리수

금동리 은행나무와 국화
배창용
노오란 단풍으로
천년동안
오고간 금동리 은행나무의 사연은
낙엽만큼 쌓이고
그 사랑 밤새워 이야기 해준다면
백년쯤은 신비로운 이야기가 되겠지
은행나뭇잎 수북이 쌓일때
연성한 들국화는
고목의 숭고함이 샘나는지
진한 향기로 여기저기서 재깔거린다
이제 금동리는
내가 지킬거라고

금동리 은행나무와 국화

– 시 배창용, 손글씨 도담 이양희

노오란 단풍으로
천 년 동안
오고 간 금동리 은행나무의 사연은
낙엽만큼 쌓이고
그 사랑 밤새워 이야기해 준다면
백 년쯤은 신비로운 이야기가 되겠지

은행 나뭇잎 수북이 쌓일 때
엉성한 들국화는
고목의 숭고함이 샘나는지
진한 향기로 여기저기서 재깔거린다

이제 금동리는
내가 지킬 거라고

가을 물든 빨간 국화

서금아

갈바람 그리움 실어
심장 붉게 물들였나
끓는 애 졸이고 녹여
바윗돌에 앉히었나

잎새 하나 그리움 하나
멍들기도 불타기도
진주 문 조가비마냥
하얀 진실 감추었구나

떨어진 눈물 낙엽 적셔
촉촉하게 빛 발하고
뒹굴다가 밟히기도
고결한 희생 거름 된다

가을 길목 빨간 국화
물든 심장 뛰는 사랑
붉은 입술 수줍게 열고

"당신을 사랑합니다"

가을 물든 빨간 국화

– 시 서금아

갈바람 그리움 실어
심장 붉게 물들였나
끓는 애 졸이고 녹여
바윗돌에 앉히었나

잎새 하나 그리움 하나
멍들기도 불타기도
진주 문 조가비 마냥
하얀 진실 감추었구나

가을 길목 빨간 국화
물든 심장 뛰는 사랑
붉은 입술 수줍게 열고

“당신을 사랑합니다”

소국이 필 때

성명순

꽃 핀다
연천에 꽃이 핀다
아직은 가슴속에
꽃물 들일 빈자리가 남아
차마 보내기에는 이른 가을 아침
쪽빛 하늘을 닮은 빛깔의
못다 한 이야기를 햇살에 담아놓고
종자와 시인박물관 골목에는
꽃망울로 터진 설렘이 남아
아쉬움의 소맷자락이
황금빛 꽃잎으로 빛나는 순간을
마당 한 귀퉁이 꽃밭에 들이고
벌써 추억이라며 발걸음을 돌리기에는
내가 보듬어야 할 순간들이 많아
꽃 핀다
연천에 꽃이 핀다
차운 이슬을 축복처럼 터뜨리며

소국이 필 때

– 시 성명순

꽃 핀다
연천에 꽃이 핀다
아직은 가슴속에
꽃물 들일 빈자리가 남아
차마 보내기에는 이른 가을 아침
쪽빛 하늘을 닮은 빛깔의
못다 한 이야기를 햇살에 담아놓고
종자와시인박물관 골목에는
꽃망울로 터진 설레임이 남아
아쉬움의 소맷자락이
황금빛 꽃잎으로 빛나는 순간을
마당 한 귀퉁이 꽃밭에 들이고
벌써 추억이라며 발걸음을 돌리기에는
내가 보듬어야 할 순간들이 많아
꽃 핀다
연천에 꽃이 핀다
차운 이슬을 축복처럼 터뜨리며

국화꽃 축제

시 동현당 성의순
손글씨 도담 이양희

해마다 가을이면
현성관 앞마당은
국화꽃 대궐

어느덧 십오년 동안
연천성당 국화꽃 축제
나도 노란소국 꽃으로 함께 했지

동현당은 직접 기른
노란 소국 꽃으로
국화꽃차 한잔의 행복 누리네

국화꽃축제

– 시 동현당 성의순, 손글씨 도담 이양희

해마다 가을이면
현성관 앞마당은
국화꽃 대궐
어느덧
십오 년 동안
연천 성당 국화꽃 축제
나도 노란 소국꽃으로 함께 했지
동현당은 직접 기른
노란 소국 꽃으로
국화 꽃차 한잔의 행복 누리네

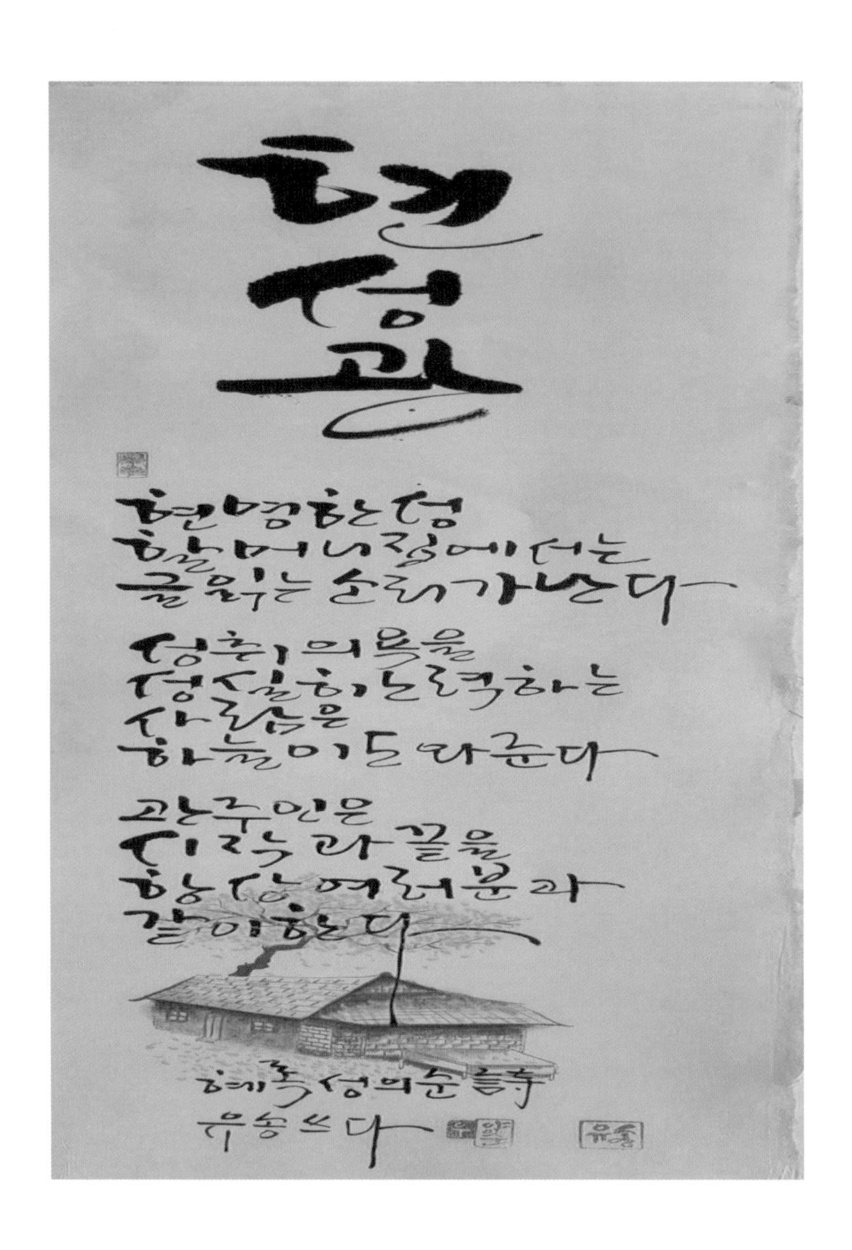

현명한 당
할머니정에서는
글읽는 소리가 난다
성실히 노력하는
사람은
하늘이 도와준다
관주인은
항상 여러분과
같이한다
우송 쓰다

현성관

– 시 성의순, 손글씨 유송 우양순, 그림 홍성창

현명한 성
할머니집에서는
글 읽는 소리가 난다

성취 의욕을
성실히 노력하는 사람을
하늘이 도와준다

관 주인은
시작과 끝을
항상 여러분과 함께 한다

수레국화

송미옥

뜨거운 햇살을 받으며
여린 허리 하늘하늘

기품 있는 그 아름다움
벌 나비도 모여들고

미세한 감동의 숨결
가만가만 느껴요

그대의 신비
온 마음에 품지요

수레국화

- 시 송미옥

뜨거운 햇살을 받으며
여린 허리 하늘하늘

기품 있는 그 아름다움
벌 나비도 모여들고

미세한 감동의 숨결
가만가만 느껴요

그대의 신비
온 마음에 품지요

당신 앞에 꽃을 피우고 싶어서
신광순

긴 세월 인내하며 꽃을 피웠지만
나는 손과 발이 없이 태어나
날 찾아오지 않는
당신을 찾아 가고 싶어서
온몸에 날개를 달았지요
언젠가 나를
당신 곁에 데려다 줄 바람이 불면
당신을 찾아 정처 없이 떠나렵니다
바람이 불면 바람 따라
비가 오면 비에 젖어
젖은 날개를 퍼덕이며
당신을 찾아 가렵니다
당신 앞에 꽃이 되고 싶어서

당신 앞에 꽃을 피우고 싶어서

— 시 신광순, 손글씨 도담 이양희

긴 세월 인내하며 꽃을 피웠지만
나는 손과 발이 없이 태어나
날 찾아오지 않는
당신을 찾아가고 싶어서
온몸에 날개를 달았지요

언젠가 나를
당신 곁에 데려다 줄 바람이 불면
당신을 찾아 정처없이 떠나렵니다

바람이 불면 바람 따라
비가 오면 비에 젖어
젖은 날개 퍼덕이며
당신을 찾아가렵니다

당신 앞에 꽃이 되고 싶어서

가을 향기

신복록

웅장한 재인폭포
물보라 흩날리면
영롱한 물방울은
꽃잎에 스며드니
꽃들은
맑은 햇살에
고운 향기 품는다

국화꽃 향연 속에
가족들 삼삼오오
연인들 알콩달콩
자연과 어우러져
춤추는
가을 향기에
꽃길 따라 걷는다

가을 향기

– 시조 신복록

웅장한 재인폭포
물보라 흩날리면
영롱한 물방울은
꽃잎에 스며드니
꽃들은
맑은 햇살에
고운 향기 품는다

국화꽃 향연 속에
가족들 삼삼오오
연인들 알콩달콩
자연과 어우러져
춤추는
가을 향기에
꽃길 따라 걷는다

분재 국화

산여울 신순희

초본식물에서
수목 분재처럼 나무화된
국화여
그대 이름은 숭고라

복잡한 생의 사연
곡선 뒤에 감추고
한 폭의 풍경 절벽 위
꿋꿋이 선 기상

임의 손 맞잡고
믿고 따라온 길
송이에 깃들인 청순함
비할 데 없어라

훗날 시큰 그리운
스산한 날에
국화꽃 향 가득히
연인해 주렴

분재 국화

– 시 산여울 신순희

초본식물에서
수목 분재처럼 나무화된
국화여
그대 이름은 숭고라

복잡한 생의 사연
곡선 뒤에 감추고
한 폭의 풍경 절벽 위
꿋꿋이 선 기상

임의 손 맞잡고
믿고 따라온 길
송이에 깃들인 청순함
비할 데 없어라

훗날 시큰 그리운
스산한 날에
국화꽃 향 가득히
연인해 주렴

고독이 주는 위안

산여울 신순희

감히 근처에 오지도 못하고
귀하다고 한다

바라보기도 애처로운 꽃
어린 꽃봉오리부터 할미라는
별명으로

인생이 두 번 피는 의미를
말해주던 꽃
꽃대의 머리술은
왜 자꾸 사라지는지
누구든지 분량대로
소임을 다하다 보면
멀쑥한 면류관을 드리운다는 것을
말해준다

남 보기에 남루해도
스스로 여물어 뿌리로 가는
비밀을 가졌다

고독이 주는 위안

– 산여울 신순희

감히 근처에 오지도 못하고
귀하다고 한다

바라보기도 애처로운 꽃
어린 꽃봉오리부터 할미라는
별명으로
인생이 두 번 피는 의미를
말해주던 꽃
꽃대의 머리숱은
왜 자꾸 사라지는지
누구든지 분량대로
소임을 다하다 보면
멀쑥한 면류관을 드리운다는 것을
말해준다

남 보기에 남루해도
스스로 여물어 뿌리로 가는
비밀을 가졌다

도토리

신 위 식

투욱 툭
가을 떨어지는 소리

소슬하여
쌓이는 그리움

도토리 줍다 마주했다
다람쥐의 맑은 눈"

가을은 남겨두고
추억만 가져가서요"

도토리

- 시 신위식

투욱 툭
가을 떨어지는 소리

소슬하여
쌓이는 그리움

도토리 줍다 마주했다
다람쥐의 맑은 눈

"가을은 남겨두고
추억만 가져가셔요"

고흐의 해바라기

신준희

사랑은 물결치는 무거운 꽃잎 한 장
흔들리는 눈빛 속에 타오르는 노란 태양
별 헤는 사이프러스가 강물 되어 흐른다

더는 애타지 말자 내 그림자 마르는 소리
작은 병실 거울 앞에 텅 빈 날개 버려두고
한 번도 꽃 피운 적 없는 고요한 바람이 된다

고흐의 해바라기

\- 시조 신준희

사랑은 물결치는 무거운 꽃잎 한 장
흔들리는 눈빛 속에 타오르는 노란 태양
별 헤는 사이프러스가 강물 되어 흐른다

더는 애타지 말자 내 그림자 마르는 소리
작은 병실 거울 앞에 텅 빈 날개 버려두고
한 번도 꽃 피운 적 없는 고요한 바람이 된다

낙엽
유영서
고요 속에
파문이 인다
사락사락
한 생이 지고 있다
역경을 이겨낸 훈장처럼
상처의 골이 깊다

낙엽

- 시 유영서

고요 속에
파문이 인다

사락사락
한 생이 지고 있다

역경을 이겨낸 훈장처럼
상처의 골이 깊다

들국화

유명서

가을이 되니
모두 다 떠나는데

내 허한 가슴
다정히 어루만져주는

네가 있어 그런대로
버틸만하다

고맙구나나
외로우면 눈물나거든

들국화

- 시 유영서

가을이 되니
모두 다 떠나는데

내 허한 가슴
다정히 어루만져 주는

네가 있어 그런대로
버틸만하다

고맙구나
나 외로우면 눈물나거든

글꽃 피다

글꽃 윤소영

온 누리 춤추는 글
두둥실 두리둥실
붓끝에 꽃을 피워
우주를 물들이네
온 세상
글 바람 타고
글 동산을 만드네

마음에 그린 글꽃
햇살에 나부끼며
오가는 글말들은
꿈 사랑 행복 담아
시어들
꽃으로 피니
우주에 빛이 나네

글로써 빚은 희망
사랑으로 움트는
행복의 작은 씨앗
선물 같은 글 마당
사랑은
향기로운 말
사랑 피는 글꽃아

글꽃 피다

-시조 글꽃 윤소영

온 누리 춤추는 글
두둥실 두리둥실
붓끝에 꽃을 피워
우주를 물들이네
온 세상
글 바람 타고
글 동산을 만드네

마음에 그린 글꽃
햇살에 나부끼며
오가는 글말들은
꿈 사랑 행복 담아
시어들
꽃으로 피니
우주에 빛이 나네

글로써 빚은 희망
사랑으로 움트는
행복의 작은 씨앗
선물 같은 글 마당
사랑은
향기로운 말
사랑 피는 글꽃아

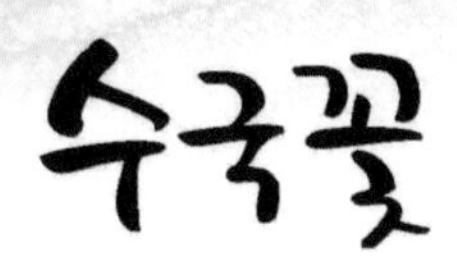

글꽃 윤소영

붉은 옷 동여매고
보랏빛 향기 품은

고운 빛 물들이는
보랏빛 한 점 꽃술

하늘은
자몽빛 노을
사랑놀이 한다네

수국꽃

- 시조 글꽃 윤소영

붉은 옷 동여매고
보랏빛 향기 품은

고운 빛 물들이는
보랏빛 한 점 꽃술

하늘은
자몽빛 노을
사랑놀이 한다네

씨앗으로
글꽃 윤소영
우주를 품에 안고
대지에 그린 글꽃
빛나는 지붕 위로
춤추는 꽃무지개
시어들
꿈동산 위에
합주회가 열렸네
꽃자리 오고가는
어울림 한마당에
웃음꽃 날아올라
하늘에 그려놓고
연천에
희망의 씨앗
꽃동산을 이루네
ink

씨앗으로

- 시조 글꽃 윤소영

우주를 품에 안고
대지에 그린 글꽃
빛나는 지붕 위로
춤추는 꽃무지개
시어들
꿈동산 위에
합주회가 열렸네

꽃자리 오고가는
어울림 한마당에
웃음꽃 날아올라
하늘에 그려놓고
연천에
희망의 씨앗
꽃동산을 이루네

연천의 향수/글꽃 윤소영

운무를 머금은 듯
살짝 연 아침 햇살
꽃들의 행복웃음
바르르 떠는 설렘
초롱꽃
하늘빛 향한
그대 사랑 빛나네

외로운 산새소리
그리운 임의 흔적
애타게 부르지만
애달픈 그리움들
핑크빛
사랑의 선율
숨겨놓은 그 꽃술

그리운 임을 찾아
내딛는 한걸음에
그곳에 달려가면
미소로 반기는 정
그대여
너털웃음꽃
연천 하늘 뒤덮네

연천의 향수

– 시조 글꽃 윤소영

운무를 머금은 듯
살짝 연 아침 햇살
꽃들의 행복웃음
바르르 떠는 설렘
초롱꽃
하늘빛 향한
그대 사랑 빛나네

외로운 산새소리
그리운 임의 흔적
애타게 부르지만
애달픈 그리움들
핑크빛
사랑의 선율
숨겨놓은 그 꽃술

그리운 임을 찾아
내딛는 한걸음에
그곳에 달려가면
미소로 반기는 정
그대여
너털웃음꽃
연천 하늘 뒤덮네

나도 너와 닮으리

혜림 윤수자

길에서 만난 노란 들꽃
허리가 가날퍼 바람결에
출렁이는데

어서 오라 손짓으로 착각하는
노랑나비 날개를 폈다 접었다
빙빙 돌아보고 날아간다

화려하진 않아도
짙은 향기는 없어도
소리 없이 가을길을 지켜주는

소박한 들꽃 모습에
나도 같이 물들어
시 한줄 담아 놓는데

하늘을 바라보니
시리도록 파란 물이 뚝뚝
가을 길도 푸르게 물들여진다

나도 너와 닮으리

- 시 혜림 윤수자

길에서 만난 노란 들꽃
허리가 가냘퍼 바람결에
출렁이는데

어서 오라 손짓으로 착각하는
노랑나비 날개를 폈다 접었다
빙빙 돌아보고 날아간다

화려하진 않아도
짙은 향기는 없어도
소리 없이 가을길을 지켜주는

소박한 들꽃 모습에
나도 같이 물들어
시 한줌 담아 놓는데

하늘을 바라보니
시리도록 파란 물이 뚝뚝
가을 길도 푸르게 물들여진다

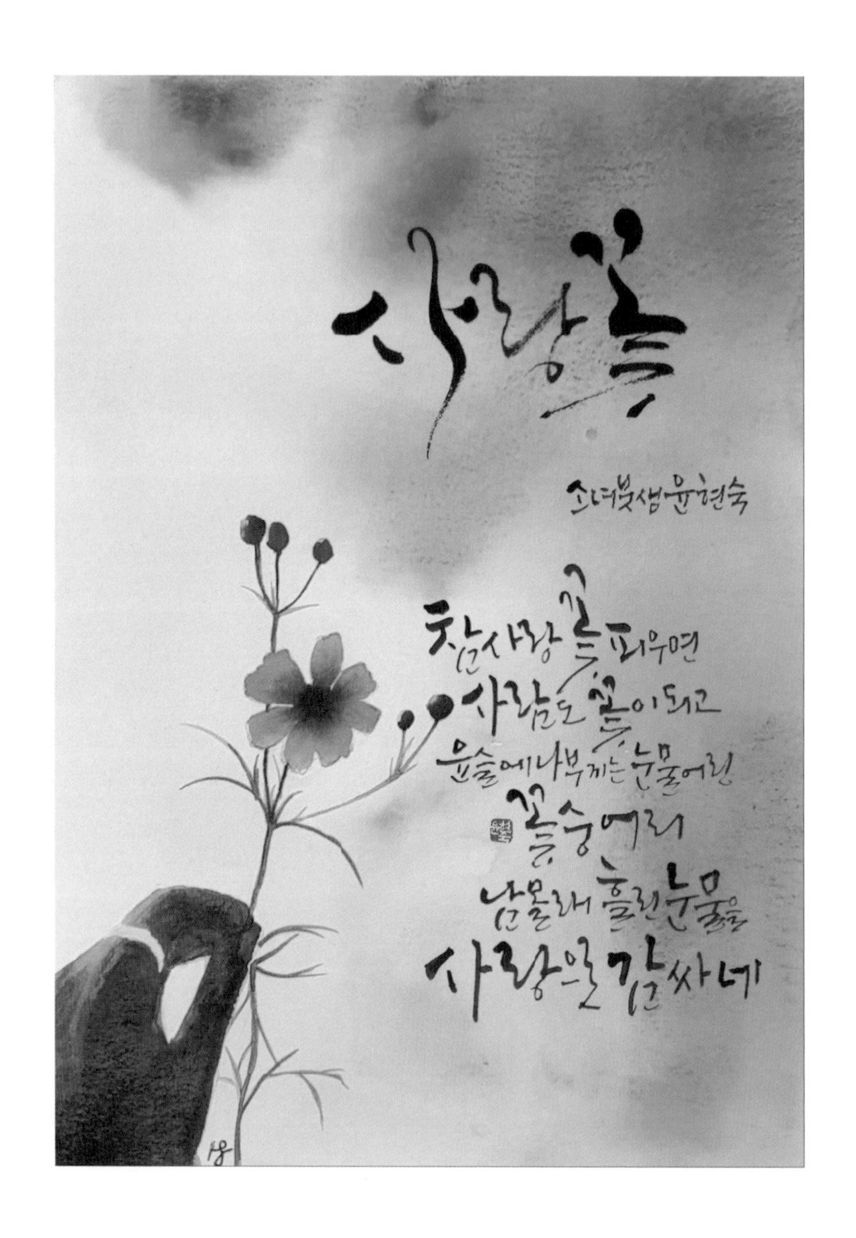
사랑꽃
소녀북샘 윤현숙
참사랑 꽃 피우면
사람도 꽃이 되고
윤슬에 나부끼는 눈물어린
꽃숭어리
남몰래 흘린 눈물을
사랑으로 감싸네

사랑꽃

\- 시와 손글씨 소녀붓샘 윤현숙

참사랑 꽃 피우면
사람도 꽃이 되고
윤슬에 나부끼는 눈물어린
꽃숭어리
남몰래 흘린 눈물을
사랑으로 감싸네

자두꽃

이광범

봄바람에
세안 얼굴 매만지는
저 연분 질이
곱다
거울 앞에서인지
골똘히
이리저리 나에게
각을 맞추며
웃네

자두꽃

–시 이광범

봄바람에
세안 얼굴 매만지는
저 연분 질이
곱다
거울 앞에서인지
골똘히
이리저리 나에게
각을 맞추며
웃네

국화의 일생

이국범

어미로부터 잘려 나와
자립의 뿌리로 긴 겨울밤을
밝은 등불 아래 잠 못 이루고
다리를 길게 내려

따사로운 봄
양지바른 바위 위에 걸터앉아
삶의 기로에서 오락가락 몸집을 키웠더니
아픈 가위로 잘라내고 철사로 휘어 감고
꼬아 비틀려 고초를 겪고 나니
더 컸다고 피멍 나게 잘리면서

덥고 짧은 밤
선풍기 하나 틀고 어거지 긴 잠 재워
꽃망울 달았더니
철사 풀고 화단 단장시켜
고생시켜 미안하다 그 한마디 말에
저린 가슴 마음 풀고
얇따란 향기 담은 꽃 피웠어요

나를 찾으신 임
오늘 저를 해하려 오신 것이 아니니
남긴 것 없이 가시어도 고맙고 행복합니다
그대여 행복하십시오

국화의 일생

- 시 이국범

어미로부터 잘려 나와
자립의 뿌리로 긴 겨울밤을
밝은 등불 아래 잠 못 이루고
다리를 길게 내려

따사로운 봄
양지바른 바위 위에 걸터앉아
삶의 기로에서 오락가락 몸집을 키웠더니
아픈 가위로 잘라내고 철사로 휘어 감고
꼬아 비틀려 고초를 겪고 나니
더 컸다고 피멍 나게 잘리면서

덥고 짧은 밤
선풍기 하나 틀고 어거지 긴 잠재워
꽃망울 달았더니
철사 풀고 화단 단장시켜
고생시켜 미안하다 그 한마디 말에
저린 가슴 마음 풀고
얄따란 향기 담은 꽃 피웠어요

나를 찾으신 임
오늘 저를 해하려 오신 것이 아니니
남긴 것 없이 가시어도 고맙고 행복합니다
그대여 행복하십시오

무궁화

혜천 이경숙

여름부터 가을까지 백여 일 피어난 꽃

새벽에 피고
저녁에 지는
피고 지고 무궁하다

우리도
무궁화처럼
일일신(一日新)을 해보자

무궁화

– 시조 혜천 이경숙

여름부터 가을까지 백여 일 피어난 꽃

새벽에 피고
저녁에 지는
피고 지고 무궁하다

우리도
무궁화처럼
일일신(一日新)을 해보자

국화꽃 애가

玉蟾 이기주

이슬이 많아지고
감국이 꽃이 피면
술밥에 김 올리셔
국화주 담으시려
향기를 어우르시던
엄마 모습 그립다

빛바랜 세월 너머
잊힌 듯 살다가도
감국이 필 때쯤엔
그리움 느닷없어
국화꽃 언저리 돌며
엄마 냄새 취하네

향기로 채운 감국
처연히 바라보니
애틋한 그리움에
맴도는 엄마 얼굴
전신을 파고든 향기
그마저도 아프다

국화꽃 애가

– 시조 玉蟾 이기주

이슬이 많아지고
감국이 꽃이 피면
술밥에 김 올리셔
국화주 담으시려
향기를 어우르시던
엄마 모습 그립다

빛바랜 세월 너머
잊힌 듯 살다가도
감국이 필 때쯤엔
그리움 느닷없어
국화꽃 언저리 돌며
엄마 냄새 취하네

향기로 채운 감국
처연히 바라보니
애틋한 그리움에
맴도는 엄마 얼굴
전신을 파고든 향기
그마저도 아프다

꽃차를 마시며

玉蟾 이기주

만개한 메리골드
향기로 어우러져
황금빛 다보록이
뜨락을 밝혀놓고
빛 부심 감당 못하니
고급진 향 토하네

꽃 지고 말기에는
그 향기 아쉽다며
다시 또 살리려는
초월한 경지의 맘
마른 꽃 메리골드는
찻물 속에 담긴다

찻잔에 다시 피어
코끝에 얹힌 향을
깊숙이 들이마셔
폐활량 늘려노니
심신에 녹아들면서
가을빛에 물든다

꽃차를 마시며

- 시 玉蟾 이기주

만개한 메리골드
향기로 어우러져
황금빛 다보록이
뜨락을 밝혀놓고
빛 부심 감당 못하니
고급진 향 토하네

꽃 지고 말기에는
그 향기 아쉽다며
다시 또 살리려는
초월한 경지의 맘
마른 꽃 메리골드는
찻물 속에 담긴다

찻잔에 다시 피어
코끝에 얹힌 향을
깊숙이 들이마셔
폐활량 늘려노니
심신에 녹아들면서
가을빛에 물든다

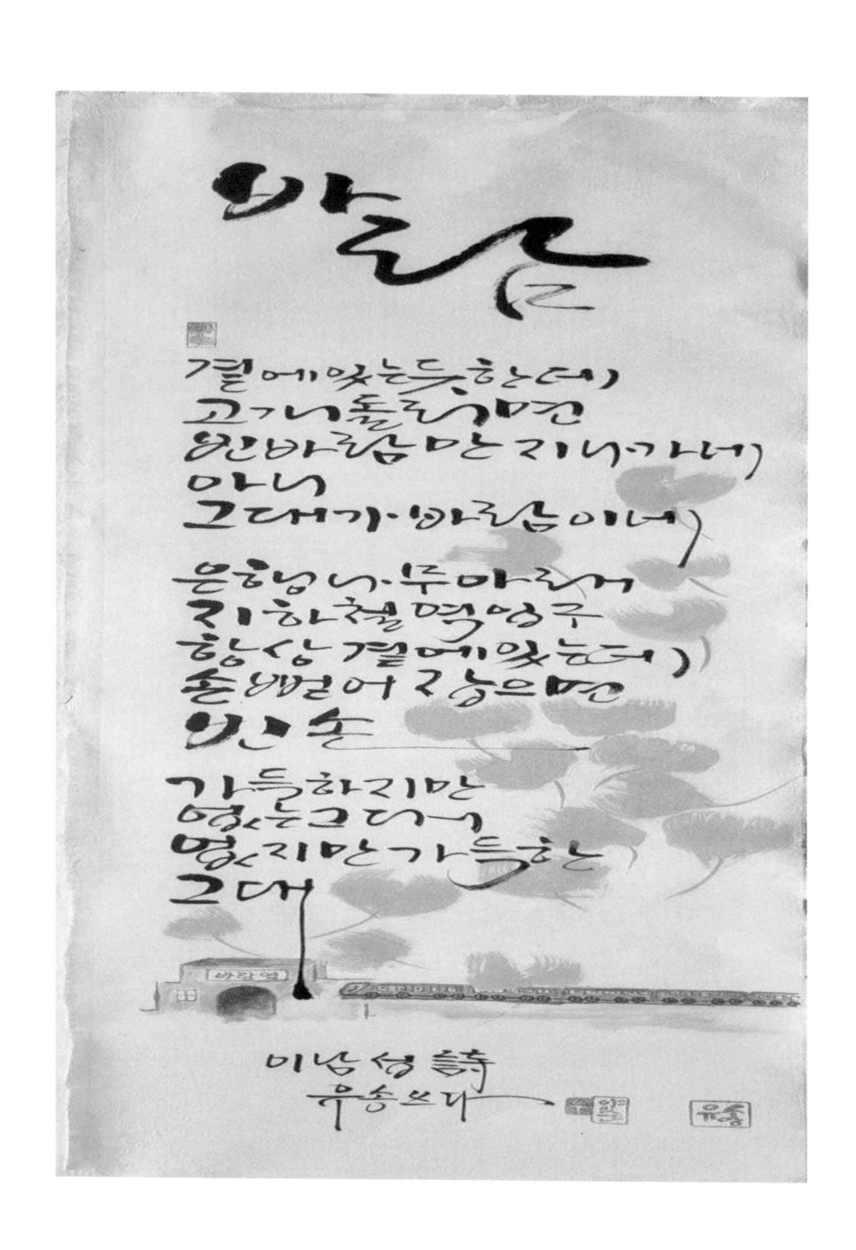
바람
곁에 있는듯 한데
고개 돌리면
빈 바람만 지나가네
아니
그대가 바람이네
은행나무 아래서
지하철역 입구
항상 곁에 있는데
손 뻗어 잡으면
빈 손
가득하지만
없는 그대
없지만 가득한
그대
바람역
이남섭 詩
유송 쓰다
유송

바람

– 시 꼬모 이남섭
– 손글씨 유송 우양순, 그림 홍성창

곁에 있는 듯한데
고개 돌리면
빈 바람만 지나가네
아니
그대가 바람이네

은행나무 아래
지하철역 입구
항상 곁에 있는데
손 뻗어 잡으면 빈 손

가득하지만 없는 그대
없지만 온통 그대

일편단심 민들레 사랑

광휘 이도영

사랑은
사랑한다는 것은
표현보다 중요한 건 마음에 있다

마음은 별로인데
과장된 표현은
잠깐 피었다 지는 꽃과 같다

그 꽃에 빠져든
꿀벌은
순간밖에 모르는 위태로운
사랑

사랑은 신중하게
일년에
한번 만나는
견우직녀 같은
사랑일지라도

보고픔도 그리움도
마음에 새기며
당신만을 향한
내 마음은

언제나 일편단심
민들레 사랑인 거야

일편단심 민들레 사랑

– 시 광휘 이도영

사랑은 사랑한다는 것은
표현보다 중요한 건 마음에 있다

마음은 별로인데 과장된 표현은
잠깐 피었다 지는 꽃과 같다

그 꽃에 빠져든 꿀벌은
순간밖에 모르는 위태로운 사랑

사랑은 신중하게
일년에 한번 만나는
견우직녀 같은 사랑일지라도

보고픔도 그리움도
마음에 새기며
당신만을 향한 내 마음은

언제나 일편단심
민들레 사랑인 거야

소국 (1) 가을 설렘
이명주
귀엽게 올망졸망
포올 폴 향기롭다
눈부신 신부화장
깜찍한 설렘이다
분홍빛
두근거림에
가을 향기 담는다

소국 (1) 가을 설렘

- 시조 이명주, 포토그라피 채은지

귀엽게 올망졸망
포올 폴 향기롭다
눈부신 신부 화장
깜찍한 설렘이다
분홍빛
두근거림에
가을 향기 담는다

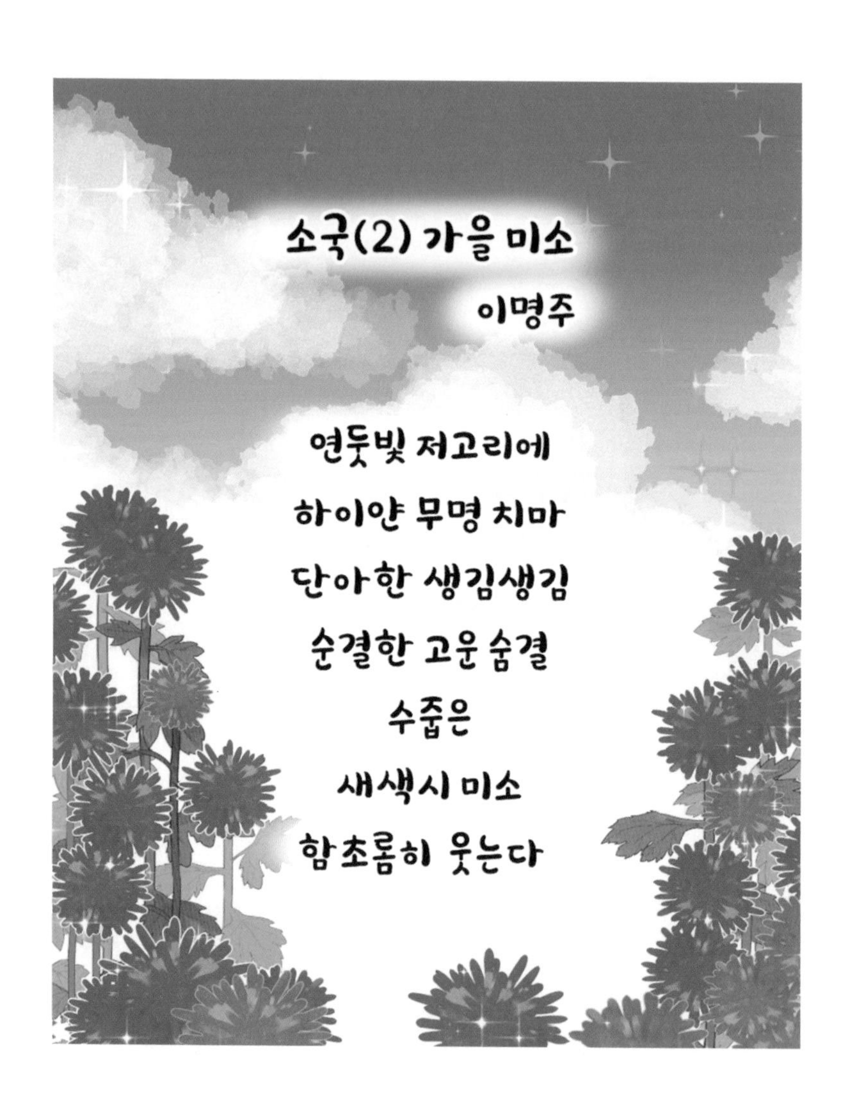
소국(2) 가을 미소
이명주
연둣빛 저고리에
하이얀 무명 치마
단아한 생김생김
순결한 고운 숨결
수줍은
새색시 미소
함초롬히 웃는다

소국(2) 가을 미소

– 시조 이명주, 포토그라피 채은지

연둣빛 저고리에
하이얀 무명 치마
단아한 생김생김
순결한 고운 숨결
수줍은
새색시 미소
함초롬히 웃는다

소국(3) 가을 사랑
이명주
큰 한숨 들이키면
널 닮아 하 그리워
파아란 높은 하늘
국화향 품어본다
가을과
사랑에 빠진
앙증맞은 네 모습

소국(3) 가을 사랑

– 시조 이명주, 포토그라피 채은지

큰 한숨 들이키면
널 닮아 하 그리워
파아란 높은 하늘
국화향 품어본다
가을과
사랑에 빠진
앙증맞은 네 모습

꽃중의 꽃

導畇 이상호

팔도에 피고 지는
수많은 꽃 중에
두 눈을 크게 떠도
못 보는 미시적 꽃
행복과 평화, 희망의
데이지 꽃 피어라

하늘은 꽃 전시관
수없는 별꽃세상
철 따라 피고 지는
지구의 꽃들보다
은하수 강가의 꽃들
피고 핀다 매일밤

꽃중의 꽃

– 시 導昀 이상호

팔도에 피고 지는
수많은 꽃들 중에
두 눈을 크게 떠도
못 보는 미시적 꽃
행복과 평화, 희망의
데이지꽃 피어라

하늘은 꽃 전시관
수없는 별꽃 세상
철 따라 피고 지는
지구의 꽃들보다
은하수 강가의 꽃들
피고 핀다 매일 밤

초충화(草蟲畵)

導畇 이상호

길고 긴 겨울밤에
분분설(粉粉雪) 꽃이 피네
가슴에 얹힌 체증
속앓이 바위덩이
수묵(水墨)에 의지한 인생 초충도야 나르샤

새벽은 칠흑이고
이 밤이 대낮이네
지향할 일편단심
먹물에 석채(石彩) 입혀
벌나비 옷을 입히니
찾아 쪼는 참새 떼

초충화(草蟲畵)

– 導畇 이상호

길고 긴 겨울밤에
분분설(粉粉雪) 꽃이 피네
가슴에 얹힌 체증
속앓이 바위덩이
수묵(水墨)에 의지한 인생 초충도야 나르샤

새벽은 칠흑이고
이 밤이 대낮이네
지향할 일편단심
먹물에 석채(石彩) 입혀
벌나비 옷을 입히니
찾아 쪼는 참새 떼

가을꽃

봉필 이서연

국화꽃 세상이다
하트 기린, 로봇 강아지, 학 등
형형색색 꽃들이
저마다 제 자리에서
다른 얼굴을 하고 자기를 보아 달랜다

꽃앞에서 사진을 찍는 사람들
꽃이 사람을 꽃으로 만든다

국화 향기 따라
사람들 웃음이
가을 향기를 품는다

가을꽃

- 시 봉필 이서연

국화꽃 세상이다
하트 기린, 로봇 강아지 학 등
형형색색 꽃들이
저마다 제 자리에서
다른 얼굴을 하고 자기를 보아 달랜다

꽃앞에서 사진을 찍는 사람들
꽃이 사람을 꽃으로 만든다

국화 향기 따라
사람들 웃음이
가을 향기를 품는다

시화전

봉필 이서연

저마다의 작품들
자기를 보아 달라고
여기저기 서서 기다린다

제각기 사연을 품은
그림으로 이야기를 하는
작품들이다

사람의 발길이 눈길이
오래 머무는 자리는
서로 시샘하는 듯하다

보는 이들의 얼굴이
환해지는 시화 앞에서
시화처럼 꽃 속의 세계를
꿈꿔본다

가을 국화꽃 시화전은
가을을 깊게 물들이고 있다

시화전

– 시 봉필 이서연

저마다의 작품들
자기를 보아 달라고
여기저기 서서 기다린다

제각기 사연을 품은
그림으로 이야기를 하는
작품들이다

사람의 발길이 눈길이
오래 머무는 자리는
서로 시샘하는 듯하다

보는 이들의 얼굴이
환해지는 시화 앞에서
시화처럼 꽃속의 세계를
꿈꿔본다

가을 국화꽃 시화전은
가을을 깊게 물들이고 있다

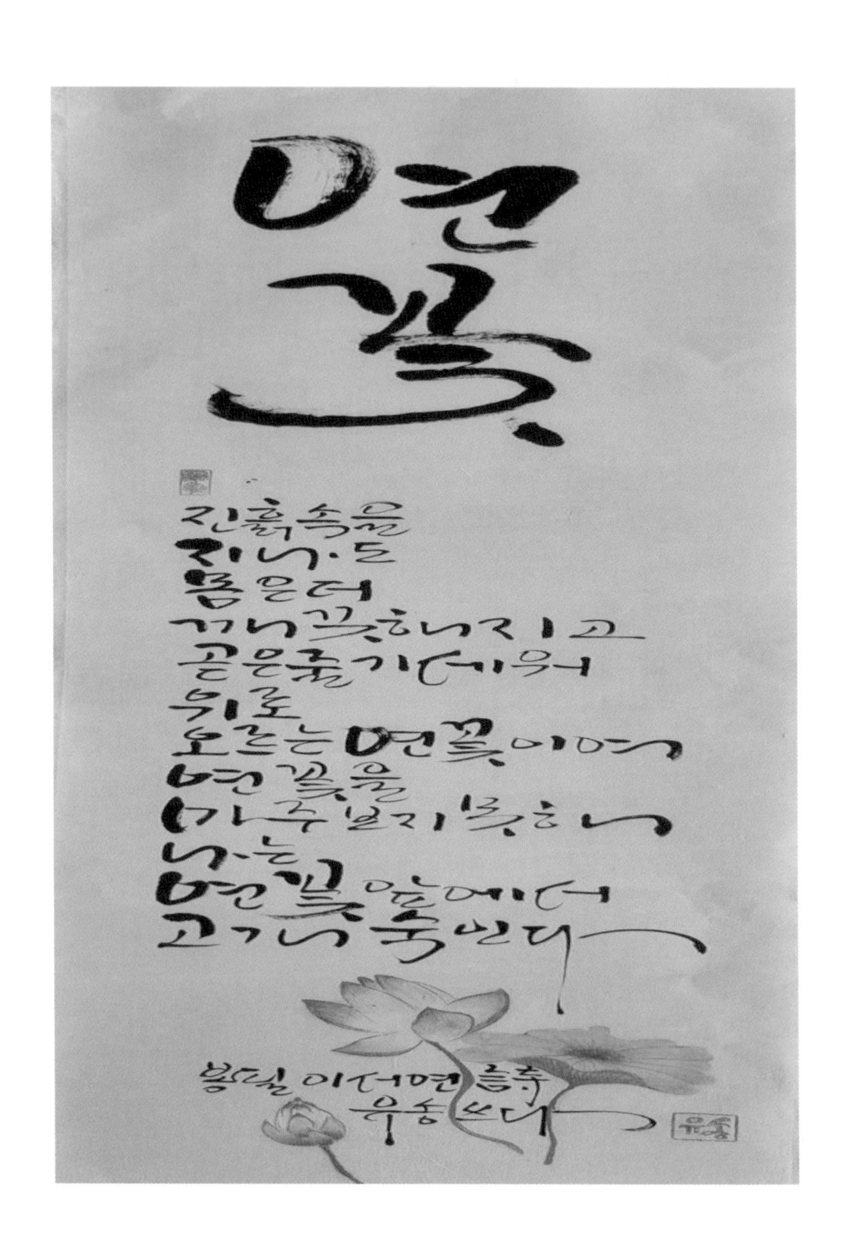
연꽃
진흙속을
지나도
몸은더
깨끗해지고
곧은줄기세워
위로
오르는연꽃이여
연꽃을
마주보지못하니
나는
연꽃앞에서
고개숙인다
봄날 이서연 글
우송 쓰다

연꽃

- 시 봉필 이서연
- 손글씨 우양순, 그림 홍성창

진흙 속을
지나도
몸은 더
깨끗해지고
곧은 줄기 세워
위로
오르는 연꽃이여
연꽃을
마주 보지 못해
나는
연꽃 앞에서
고개숙인다

해바라기

서현 이숙자

차창 밖 연천 들녘
펄럭이는 금빛 꽃잎

반 고흐 따라와서
손짓하며 활짝 웃고

임진강
호로고루성
내 맘 풍덩 빠져드네

해바라기

– 시 서현 이숙자

차창 밖 연천 들녘
펄럭이는 금빛 꽃잎

반 고흐 따라와서
손짓하며 활짝 웃고

임진강
호로고루성
내 맘 풍덩 빠져드네

산국山菊

月影 이순옥

피할 수 없었던 화사한 아픔 이기지 못해
갓길에 앉아 생살에 떨어지는 꽃

아름다움이 때론
축복이 아니라 징벌이기에 꺾였고
그래도 고집스레 가던 길 되잡아
눈 닿은 데까지 따라와 피는

막막한 절망감에 무너져 내릴 때
부박한 가슴에 저들을 옮겨 와
한 폭의 뜨거운 추상화로
이 산야에 걸어
어지럽도록 아름다운 노란 멀미 같은 생
항변도 못 하고 한없이 낮게 엎드려
짧은 가을
긴 외로움 달래면

돌인 듯 허물어져 앉은 몸
홀 맺힌 바람 가닥가닥 눈물겨운 이름

산국山菊

– 시 月影 이순옥

피할 수 없었던 화사한 아픔 이기지 못해
갓길에 앉아 생살에 떨어지는 꽃

아름다움이 때론
축복이 아니라 징벌이기에 꺾였고
그래도 고집스레 가던 길 되잡아
눈 닿은 데까지 따라와 피는

막막한 절망감에 무너져 내릴 때
부박한 가슴에 저들을 옮겨 와
한 폭의 뜨거운 추상화로
이 산야에 걸어
어지럽도록 아름다운 노란 멀미 같은 생
항변도 못 하고 한없이 낮게 엎드려
짧은 가을
긴 외로움 달래면

돌인 듯 허물어져 앉은 몸
홀 맺힌 바람 가닥가닥 눈물겨운 이름

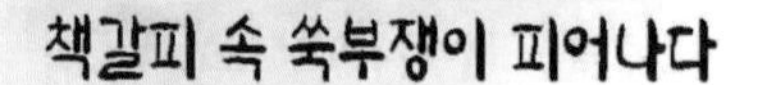

月影 이순옥

책갈피 사이에 눌려
세월에 잊힌 말라버린 꽃을 만났다
주머니 속의 구슬과 같은 보랏빛 꽃잎은
퇴색되어 생기가 사라진
꺾어 말린 사람도
까맣게 잊고 있을 정도로 오래된 굳이
의미를 부여할 필요는 없는

어느 것도 너만큼 특별하진 않았다
하지만 그 특별함에는 항상 한계가 있었다
내 시간은 박제되어 멈춰버렸는데
너의 시간은 계속 흐르고 있었는가
전해주지 못했던 부적, 이제야
주인을 찾았지만 조금도 기쁘지 않다

흐르는 시간에조차 분노하고 부정하던 시절은
더는 남아 있지 않았다
같은 시간 같은 공간에서 서로를 향한
믿음으로 맺어진 사이인데
그걸 끊어내는 방식이 제각각이듯

침묵 속에 감춘 것들이 일제히 소란스럽다
고즈넉이 빛을 타고 피어나는
빛줄기 사이로 맑게 빛나는 꽃잎들
젊은 날 품었던 그리움 혹은 기다림이
만추의 계절 어느 굽이 돌아선 산허리에서
저물어 가는 볕을 쬐고 있다

책갈피 속 쑥부쟁이 피어나다

- 시 月影 이순옥

책갈피 사이에 눌려
세월에 잊힌 말라버린 꽃을 만났다
주머니 속의 구슬과 같은 보랏빛 꽃잎은
퇴색되어 생기가 사라진
꺾어 말린 사람도
까맣게 잊고 있을 정도로 오래된 굳이
의미를 부여할 필요는 없는

어느 것도 너만큼 특별하진 않았다
하지만 그 특별함에는 항상 한계가 있었다
내 시간은 박제되어 멈춰버렸는데
너의 시간은 계속 흐르고 있었는가
전해주지 못했던 부적, 이제야
주인을 찾았지만 조금도 기쁘지 않다

흐르는 시간에조차 분노하고 부정하던 시절은
더는 남아 있지 않았다
같은 시간 같은 공간에서 서로를 향한
믿음으로 맺어진 사이인데
그걸 끊어내는 방식이 제각각이듯

침묵 속에 감춘 것들이 일제히 소란스럽다
고즈넉이 빛을 타고 피어나는
빛줄기 사이로 맑게 빛나는 꽃잎들
젊은 날 품었던 그리움 혹은 기다림이
만추의 계절 어느 굽이 돌아선 산허리에서
저물어 가는 볕을 쬐고 있다

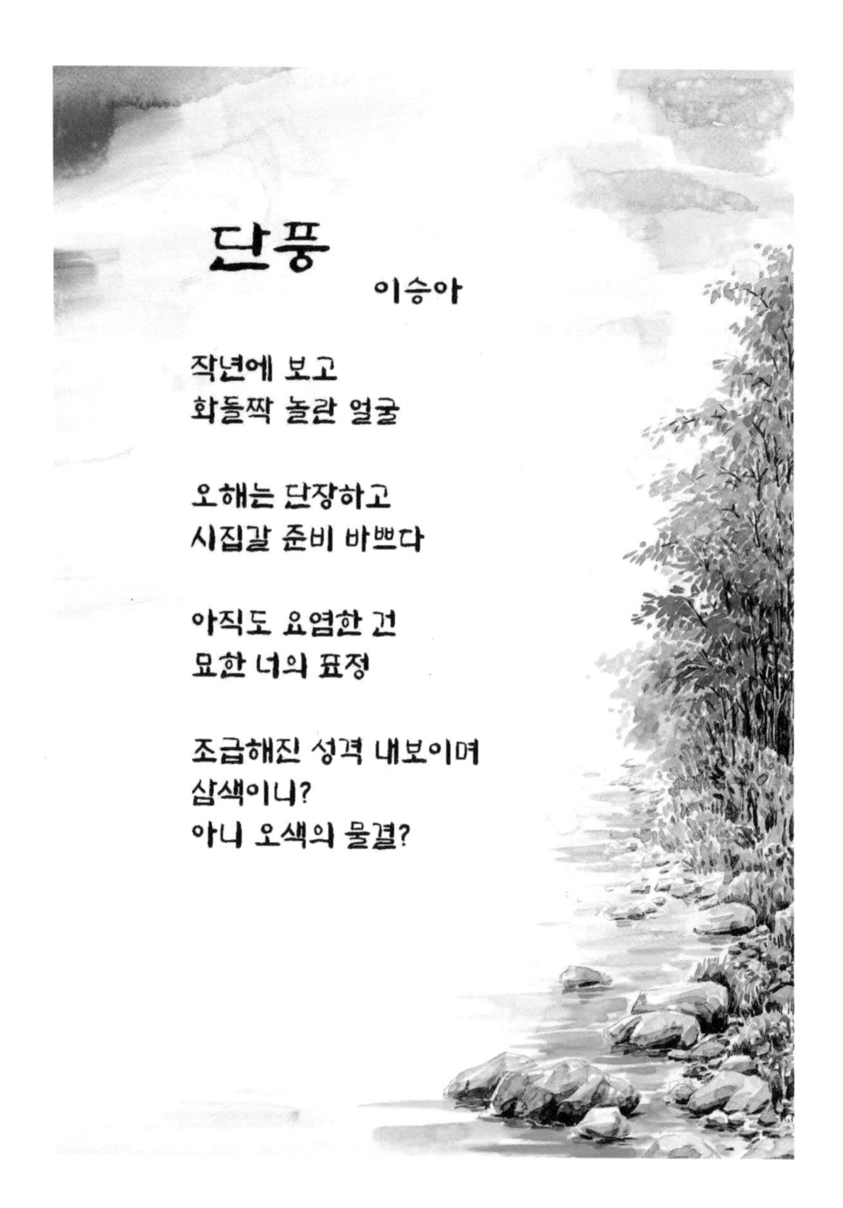

단풍

이승아

작년에 보고
화들짝 놀란 얼굴

오해는 단장하고
시집갈 준비 바쁘다

아직도 요염한 건
묘한 너의 표정

조급해진 성격 내보이며
삼색이니?
아니 오색의 물결?

단풍

– 시 이승아

작년에 보고
화들짝 놀란 얼굴

오해는 단장하고
시집갈 준비 바쁘다

아직도 요염한 건
묘한 너의 표정

조급해진 성격 내보이며
삼색이니? 아니
오색의 물결?

꽃 시화전

시 이양희
손글씨 이양희

하늘은 높고 푸르러요
뭉게뭉게 구름도 예쁘네요
솔솔 불어오는 가을바람에
향긋한 국화향기 실려와요
흠흠
코끝을 스치는 국화향은
은은하고도 진한 여운을 남기네요
국화잔치, 시잔치 열리는
연천으로 가는 길
소풍가는 아이처럼
콩닥콩닥 가슴설레며 기다려요

꽃 시화전

- 시와 글씨 도담 이양희

하늘은 높고 푸르러요
뭉게뭉게 구름도 예쁘네요
솔솔 불어오는 가을바람에
향긋한 국화 향기 실려 와요
흠흠
코끝을 스치는 국화 향은
은은하고도 진한 여운을 남기네요
국화 잔치, 시 잔치 열리는
연천으로 가는 길
소풍 가는 아이처럼
콩닥콩닥 가슴 설레며 기다려요

세월이 익었다

이 종 갑

하얀 머리가 하나둘 늘어
나이 셈을 더 해준다.
검게 그을린 얼굴 때문에
머리카락은
더욱 하얀 빛이 더하다

언제부턴가 걸을 때
뒷짐을 지고 헛기침한다

난 이제
지하철 경로석도 자유롭다
설마 하지만
나에게도 겨울이 다가온다
아니 당신도 마찬가지다

날 따라 빨강으로 물들었던
봉선화 씨방이 톡톡 터지며
앙상한 가지만 남았다
봉선화도 나도 가을을 품는다

세월이 익었다

– 시 이종갑

하양 머리가 하나둘 늘어
나이 샘을 더 해준다.
검게 그을린 얼굴 때문에
머리카락은
더욱 하얀 빛이 더하다

언제부턴가 걸을 때
뒷짐을 지고 헛기침한다

난 이제
지하철 경로석도 자유롭다
설마 하지만
나에게도 겨울이 다가온다
아니 당신도 마찬가지다

날 따라 빨강으로 물들었던
봉선화 씨방이 톡톡 터지며
앙상한 가지만 남았다
봉선화도 나도 가을을 품는다

국화꽃 연가

이지아

천년 세월 아름답게
기암절벽 빚어놓은
아름다운 내 고향

구절초 향기 흐르는
철조망이 가로막힌
북녘땅 고향 산천

멀리에 있는
내 고향 언덕에는
오가는 사람 없어

들국화꽃 활짝핀 길
바람따라 구름따라
임을 만나서
함께 걷고싶은
강 건너 그리운 그 곳

한탄강 너머에
두고온 고향 산천

오늘도 그리운 임
불러보지만
한탄강은 말이 없네

국화꽃 연가

– 시 이지아

천년 세월 아름답게
기암절벽 빚어놓은
아름다운 내 고향

구절초 향기 흐르는
철조망이 가로막힌
북녘땅 고향 산천

멀리에 있는
내 고향 언덕에는
오가는 사람 없어

들국화꽃 활짝 핀 길
바람 따라 구름 따라
임을 만나서
함께 걷고 싶은
강 건너 그리운 그곳

한탄강 너머에
두고 온 고향 산천

오늘도 그리운 임
불러보지만
한탄강은 말이 없네

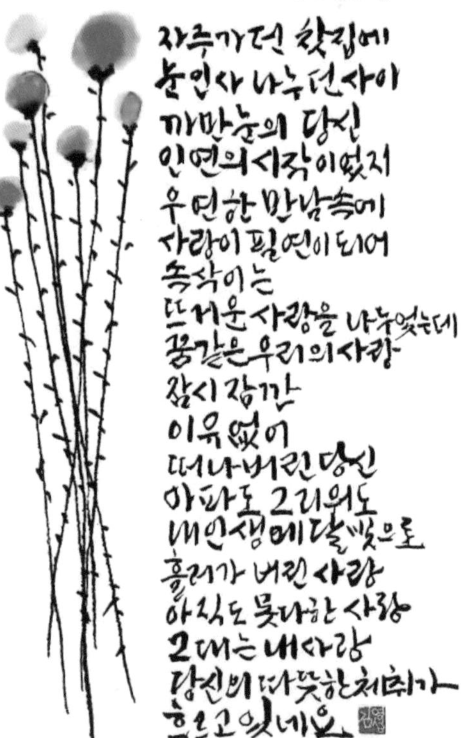

계묘년 칠월 끝자락에서 려송붓질

사랑의 의미

– 시 이지아, 손글씨 려송 김영섭

자주 가던 찻집에
눈 인사 나누던 사이
까만 눈의 당신
인연의 시작이었지

우연한 만남 속에
사랑이 필연이 되어
속삭이는
뜨거운 사랑을 나누었는데
꿈 같은 우리의 사랑
잠시 잠깐

이유 없이
떠나버린 당신
아파도 그리워도
내 인생에 달빛으로
흘러가 버린 사랑

아직도 못다 한 사랑
그대는 내사랑
당신의 따뜻한 체취가
흐르고 있네요

꽃잎이 피고 지고 나면

이현수 레지나

제비꽃 위에 앉은 꿀벌
보기 좋아 카메라를 들이댄다.

꽃잎이 지고 나면 서글퍼
고개 돌려 먼 하늘 쳐다본다

예쁜 꽃이 사라지면
열매가 피니 그러려니 하시게나

어차피
세월이 가면 피고 지는 것

꽃잎이 피고 지고 나면

– 이현수 레지나

제비꽃 위에 앉은 꿀벌
보기 좋아 카메라를 들이댄다.

꽃잎이 지고 나면 서글퍼
고개 돌려 먼 하늘 쳐다본다

예쁜 꽃이 사라지면
열매가 피니 그러려니 하시게나

어차피
세월이 가면 피고 지는 것

꽃이여

이현수 레지나

봄에 핀 꽃봉오리
예쁘기는 하여도

또 언제 질까나
불안한 아름다움이여

태양처럼 눈 부신 시간이
다시 오지 않으련만

추억 돋는 가을의 절정에
보석같이 빛나는 꽃이여

우리는 어디서 왔나요
돌아갈 흙내음

꽃이여

- 시 이현수 레지나

봄에 핀 꽃봉오리
예쁘기는 하여도

또 언제 질까나
불안한 아름다움이여

태양처럼 눈부신 시간이
다시 오지 않으련만

추억 돋는 가을의 절정에
보석같이 빛나는 꽃이여

우리는 어디서 왔나요
돌아갈 흙내음

국화꽃 한 아름

태안 임석순

널따란 들녘마다
국화꽃 가을 향기
한없이 지금처럼
사랑을 더듬는다
한아름
보듬어 보면
행복이요 큰 기쁨

세월을 뒤로하고
어느새 사라진다
거슬러 회상하면
슬픔에 젖어든다
떠난 임
가슴에 남아
사무치는 그리움

국화꽃 한 아름

- 태안 임석순

널따란 들녘마다
국화꽃 가을 향기
한없이 지금처럼
사랑을 더듬는다
한 아름
보듬어 보면
행복이요 큰 기쁨

세월을 뒤로하고
어느새 사라진다
거슬러 회상하면
슬픔에 젖어든다
떠난 임
가슴에 남아
사무치는 그리움

들국화 연가

임재화

먼 산자락 저만치서
휘하고 달려오는 가을바람이
살며시 나뭇잎 어루만질 때

이제 떠나도 여한이 없는
빛 고운 단풍 잎사귀
서늘한 바람 앞에 몸을 맡기고
하나둘 낙엽 되어서 떨어져
맑게 흐르는 계곡물 벗 삼아
정처 없이 두둥실 떠나갑니다.

저만치서 달려오는
소슬한 가을바람이 살그머니
들국화꽃을 스쳐 지날 때

차츰 깊어가는 가을날
온 누리에 그윽한
들국화 꽃향기 가득합니다

들국화 연가

– 시 임재화

먼 산자락 저만치서
휘하고 달려오는 가을바람이
살며시 나뭇잎 어루만질 때

이제 떠나도 여한이 없는
빛 고운 단풍 잎사귀
서늘한 바람 앞에 몸을 맡기고
하나둘 낙엽 되어서 떨어져
맑게 흐르는 계곡물 벗 삼아
정처 없이 두둥실 떠나갑니다.

저만치서 달려오는
소슬한 가을바람이 살그머니
들국화꽃을 스쳐 지날 때

차츰 깊어가는 가을날
온 누리에 그윽한
들국화 꽃향기 가득합니다

국화 향기 앞에서

시 임효숙
손글씨 이양희

노오란
곱슬머리
보라향 널리퍼져
핑크빛 사랑 담고
모여서 행복하게

감동 주는 국화 앞에서
당신얼굴
봅니다

국화야
밥은 먹었니!
국화야 낮잠은 잤니!
예쁜 널 사랑, 사랑해
그대를 사랑하듯,

가을날 국화 앞에서
그대 향기
사랑해

국화향기 앞에서

- 시 임효숙, 손글씨 이양희

노오란
곱슬머리
보라향 널리 퍼져
핑크빛 사랑 담고
모여서 행복하게

감동 주는 국화 앞에서
당신 얼굴
봅니다

국화야
밥은 먹었니!
국화야 낮잠은 잤니!
예쁜 널 사랑, 사랑해
그대를 사랑하듯

가을날 국화 앞에서
그대 향기
사랑해

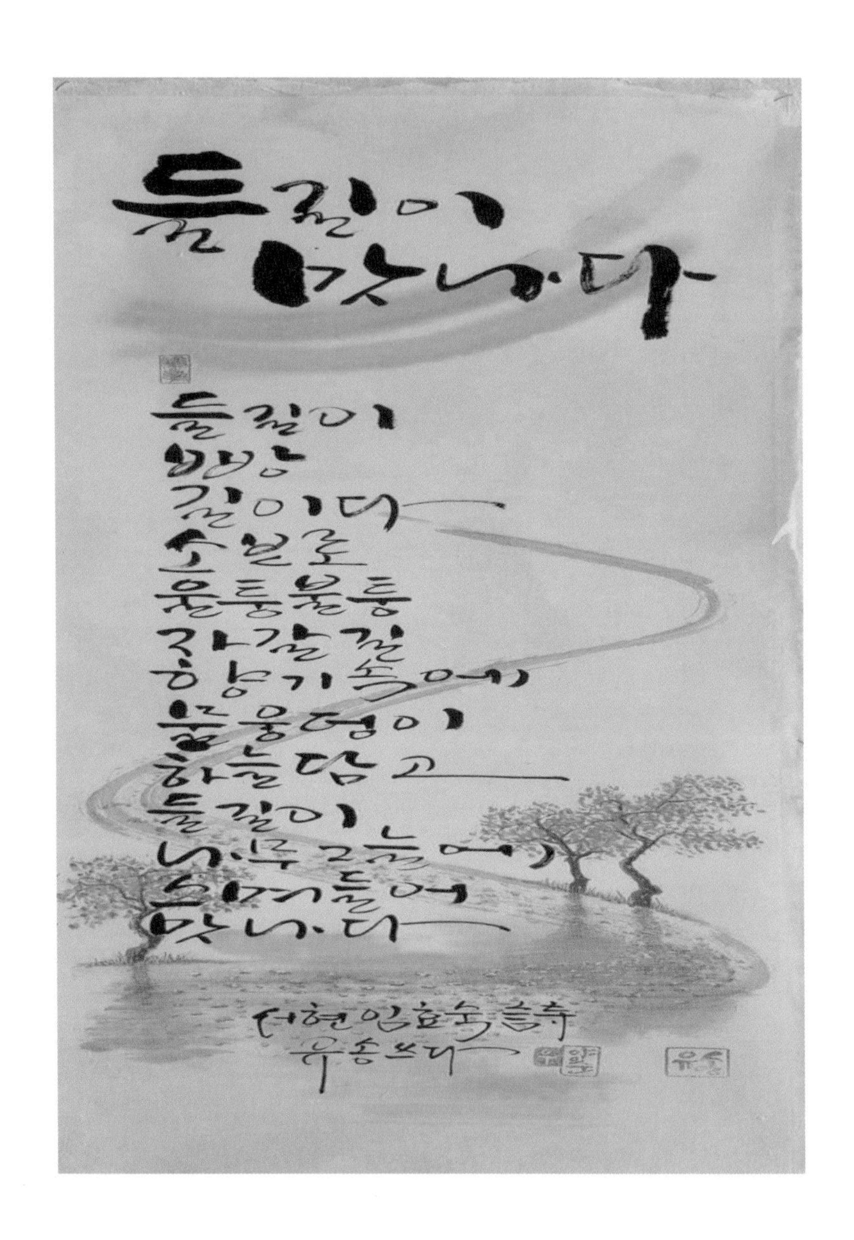
들길이 만났다
들길이
발밤
길이다
소볼로
울퉁불퉁
자갈길
향기속에
웅덩이
하늘담고
들길이
나무그늘에
쉬어들어
만났다
서현 임효숙 글
유송 쓰다

들길이 맛나다

\- 시조 서현 임효숙

\- 손글씨 유송 우양순, 그림 홍성창

들길이
빵길이다

소보로
울퉁불퉁

자갈길
향기속에

물웅덩
하늘 담고

들길이 나무 그늘에
스며들어 맛나다

들국화

장기숙

임진강 기슭 아래
쏟아낸 울음이다가

에움길 금빛으로
물들인 사랑이련가

무서리
가을 들녘에
향기로 남은 사람아

들국화

– 시조 장기숙

임진강 기슭 아래
쏟아낸 울음이다가

에움길 금빛으로
물들인 사랑이련가

무서리
가을 들녘에
향기로 남은 사람아

억새꽃

전현하

가늘고 긴 허리로 거친 세월 이겨내고
계절의 전령인 양 언덕 위에 터를 잡아
푸르른 하늘을 향해
지존인 듯 서 있다
칼보다 예리한 자존은 어디가고
쓸쓸한 몸짓으로 흔들리고
허공에
퍼져나가는
내 노래가 시리다

억새꽃

– 시 전현하

가늘고 긴 허리로 거친 세월 이겨내고

계절의 전량인 양 언덕 위에 터를 잡아

푸르른 하늘을 향해

지존인 듯 서 있다

칼보다 예리한 자존은 어디가고

쓸쓸한 몸짓으로 흔들리고

허공에

펴져나가는

내 노래가 시리다

같이 걸어요

海仁 정옥령

같이 걸어요
두 손 맞잡고
벚꽃잎 마중 나온 이 길을

아메리카노 한 잔에
소곤소곤 정담 나누며
연분홍 카펫 반겨주는 이 길을

라일락 향기 바람 따라
동그란 추억 선 따라
까만 눈동자 마주하며 이 길을

같이 걸어요

같이 걸어요

- 海仁 정옥령

같이 걸어요
두 손 맞잡고
벚꽃잎 마중 나온 이 길을

아메리카노 한 잔에
소곤소곤 정담 나누며
연분홍 카펫 반겨주는 이 길을

라일락 향기 바람 따라
동그란 추억 선 따라
까만 눈동자 마주하며 이 길을

같이 걸어요

양귀비

海仁 정옥령

네가 내 마음을 훔쳤구나
한때의 권세를 위해서
임의 사랑이 너를 이토록
붉게 붉게 물들였구나
그 사랑 화선지 한 장 되어
나의 분첩이 되었구나

너의 붉은 입술
너의 숨결
내 안에서 이리도
지긋한 떨림으로
나를 안는구나

벌 나비 너를 훔치려고 하니
바람이 바람이
아~
너를 너를 놓아주지 않는구나
양귀비 너를
이다지도 이다지도
바람은
아직까지도 아직까지도
구천을 돌고 돌아
너를 너를 미쁘게 하는구나

너를 너를...
너의 붉디붉은 옷자락을

양귀비

– 海仁 정옥령

네가 내 마음을 훔쳤구나
한때의 권세를 위해서
임의 사랑이 너를 이토록
붉게붉게 물들였구나
그 사랑 화선지 한 장 되어
나의 분첩이 되었구나

너의 붉은 입술
너의 숨결
내 안에서 이리도
지긋한 떨림으로
나를 안는구나

벌나비 너를 훔치려하나
바람이 바람이
아~
너를 너를 놓아주지 않는구나
양귀비 너를
이다지도 이다지도
바람은
아직까지도 아직까지도
구천을 돌고 돌아
너를너를 미쁘게 하는구나

너를 너를…
너의 붉디붉은 옷자락을

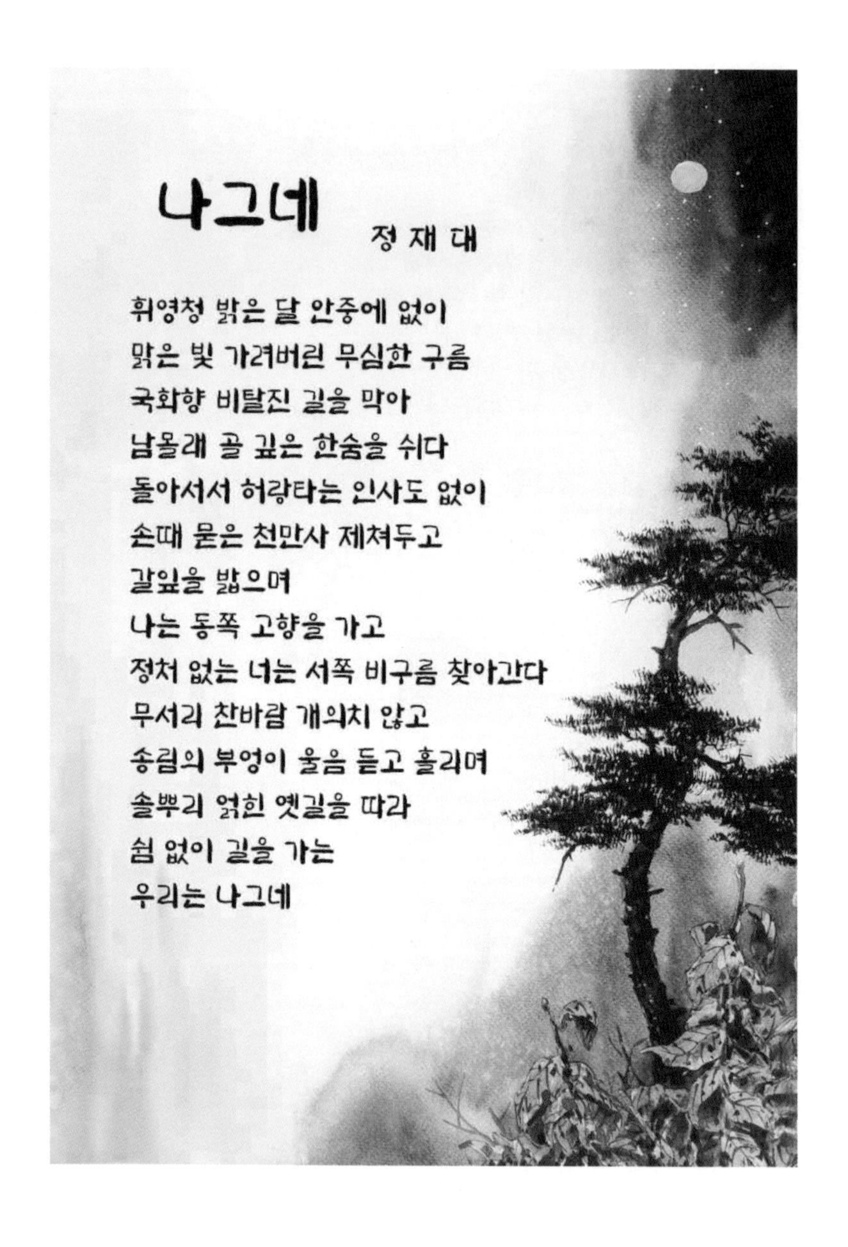
나그네
정재대
휘영청 밝은 달 안중에 없이
맑은 빛 가려버린 무심한 구름
국화향 비탈진 길을 막아
남몰래 골 깊은 한숨을 쉬다
돌아서서 허랑타는 인사도 없이
손때 묻은 천만사 제쳐두고
갈잎을 밟으며
나는 동쪽 고향을 가고
정처 없는 너는 서쪽 비구름 찾아간다
무서리 찬바람 개의치 않고
송림의 부엉이 울음 듣고 흘리며
솔뿌리 얽힌 옛길을 따라
쉼 없이 길을 가는
우리는 나그네

나그네

- 시 정재대

휘영청 밝은 달 안중에 없이
맑은 빛 가려버린 무심한 구름
국화향 비탈진 길을 막아
남몰래 골 깊은 한숨을 쉬다
돌아서서 허랑타는 인사도 없이
손때 묻은 천만사 제쳐두고
갈잎을 밟으며
나는 동쪽 고향을 가고
정처 없는 너는 서쪽 비구름 찾아간다
무서리 찬바람 개의치 않고
송림의 부엉이 울음 듣고 흘리며
솔뿌리 얽힌 옛길을 따라
쉼 없이 길을 가는
우리는 나그네

국화

목화 정지우

너의 향기가
연천을 품었네

첫날밤
노란 저고리처럼

어찌 그리도
새색시 수줍음으로
터질 듯
다소곳이
부끄러움으로
임의 품에 안기듯

그 향기 구름에 띄어
바람에 실어 나르며
남으로 북으로 손짓하네

노오란 국화
연천을 알리네
사랑의 향기를 전하네

국화

\- 목화 정지우

너의 향기가
연천을 품었네

첫날밤
노란 저고리처럼

어찌 그리도
새색시 수줍음으로
터질 듯
다소곳이
부끄러움으로
임의 품에 안기듯

그 향기 구름에 띄어
바람에 실어 나르며
남으로 북으로 손짓하네

노오란 국화
연천을 알리네
사랑의 향기를 전하네

뽀리뱅이

정태운

내 맘
알아줄 이 뉘가 있어
긴 걸음 발을 내딛고
내게
따스한 말 건네줄 이 누가 있어
세월을 참아 왔던가

우뚝 돋아 핀
작은 꽃
1년 내내 피워봐도
이쁘다 하는 이 없으니
순박한 마음에 상처만 깊어라

해 넘어 한 해를 살아보면
꽃피운 사연
알아줄까

뽀리뱅이

- 시 정태운

내 맘
알아줄 이 뉘 있어
긴 걸음 발을 내딛고
내게
따스한 말 건네줄 이 누가 있어
세월을 참아 왔던가

우뚝 돋아 핀
작은 꽃
1년 내내 피워봐도
이쁘다 하는 이 없으니
순박한 마음에 상처만 깊어라

해 넘어 한 해를 살아보면
꽃피운 사연
알아줄까

청춘은 아직도 살아 있다

조인형

젊음은 갔지만
청춘은 아직도 살아 있다

불쌍히 보지 마라
아직은 피어있는 꽃이다
사랑도 있고 그리움도 있고
행복도 있단다

늙었다고 낙엽처럼 생각 마라
아직은 젊음 못지 않은 열정
그리고 희망과 꿈이 있단다

청춘은 아직도 살아 있다

- 시 조인형

젊음은 갔지만
청춘은 아직도 살아 있다

불쌍히 보지 마라
아직은 피어있는 꽃이다
사랑도 있고 그리움도 있고
행복도 있단다

늙었다고 낙엽처럼 생각 마라
아직은 젊음 못지않은 열정
그리고 희망과 꿈이 있단다

가을 붉은 소리

조현상

안개꽃
찬 이슬이
산허리 품어준 밤

가지에
맺힌 정이
가붓이 울 붉어져

헛기침
하늬바람에
낱알 익는 저 소리

가을 붉은 소리

-시조 조현상

안개꽃
찬 이슬이
산허리 품어준 밤

가지에
맺힌 정이
가붓이 울 붉어져

헛기침
하늬바람에
낟알 익는 저 소리

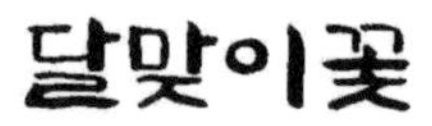

유수 차상일

달빛을 머금은
잔잔한 돌들
냇가에 자리한 채
지천으로 노래하는
노란군락 그대

혼란한 낮
벗어나고파
고고한
달빛아래
행복하고
따뜻하게
내일을 노래하네

달맞이꽃

- 유수 차상일

달빛을 머금은
잔잔한 돌들
냇가에 자리한 채
지천으로 노래하는
노란 군락 그대

혼란한 낮
벗어나고파
고고한
달빛 아래
행복하고
따뜻하게
내일을 노래하네

바오밥나무

채 찬 석

걸리적거린다고
신(神)이 뽑아 내던져
물구나무를 섰다.
몸뚱이가 거꾸로 박힌 채

발이 하늘에 뿌리로 뻗자
밤이면 별들이 내려와 앉아
이슬 같은 눈동자
꽃으로 피었다

바오밥나무

- 시 채찬석

걸리적거린다고
신(神)이 뽑아 내던져
물구나무를 섰다.
몸뚱이가 거꾸로 박힌 채

발이 하늘에 뿌리로 뻗자
밤이면 별들이 내려와 앉아
이슬 같은 눈동자
꽃으로 피었다

염원 이야기

최가을

이야기는 종막을 맞이하며
밤하늘의 검은 장막이 걷혀지고
모든 것을 밝히듯 해는 떠오른다.

별은 헤매는 자를 인도하며
사람의 염원을 상징하지만
어두컴컴한 밤하늘이기에 빛날 수 있는 별이니

그 또한
언젠가는 샛별이 되어
햇빛에 사라질 존재임을

가득 쌓인 미련으로
밤하늘을 손안에 가득 쥐어도
네가 할 수 있는 것은 없으니

이야기는 새로운 개막을 맞이하며
별의 마지막 미소를 일출과 함께 태워죽이지만
두려워할 것은 어디에도 없다.

그저 염원하는 데로 멈추고 나아갈 뿐

염원 이야기

\- 시 최가을

이야기는 종막을 맞이하며
밤하늘의 검은 장막이 걷혀지고
모든 것을 밝히듯 해는 떠오른다.

별은 헤매는 자를 인도하며
사람의 염원을 상징하지만
어두컴컴한 밤하늘이기에 빛날 수 있는 별이니

그 또한
언젠가는 샛별이 되어
햇빛에 사라질 존재임을

가득 쌓인 미련으로
밤하늘을 손안에 가득 쥐어도
네가 할 수 있는 것은 없으니

이야기는 새로운 개막을 맞이하며
별의 마지막 미소를 일출과 함께 태워죽이지만
두려워할 것은 어디에도 없다.

그저 염원하는 데로 멈추고 나아갈 뿐

사랑 마음
최 기 창
예쁜 꽃
만나면
고운 향기
스치면
보여주고 싶다
같이하고 싶다
사랑하는 이…

사랑 마음

예쁜 꽃
만나면

고운 향기
스치면

보여주고 싶다
같이하고 싶다

사랑하는 이 ...

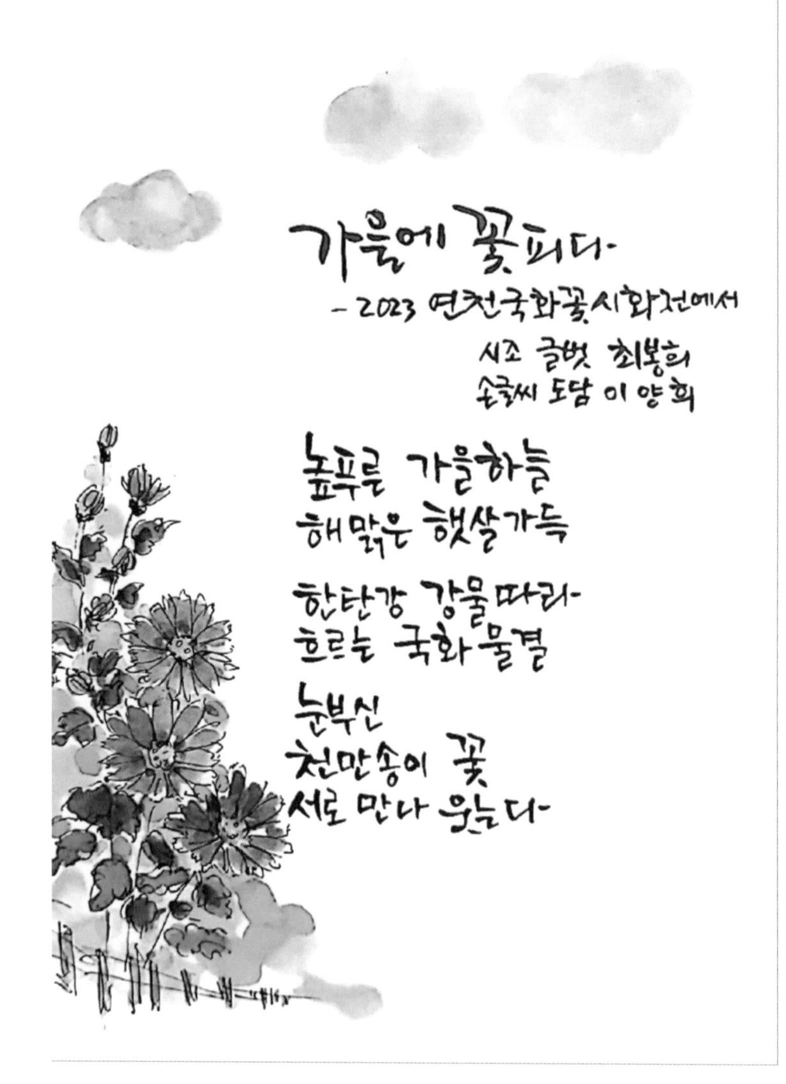
가을에 꽃피다
- 2023 연천국화꽃시화전에서
시조 글벗 최봉희
손글씨 도담 이양희
높푸른 가을하늘
해맑은 햇살가득
한탄강 강물따라
흐르는 국화물결
눈부신
천만송이 꽃
서로 만나 웃는다

가을에 꽃 피다

- 2023연천국화꽃시화전에서

시조 최봉희, 손글씨 도담 이양희

높푸른 가을 하늘
해맑은 햇살 가득

한탄강 강물 따라
흐르는 국화 물결

눈부신
천만송이 꽃
서로 만나 웃는다

그대 향기
글벗 최봉희
해맑은
사랑 향기
그대의 밝은 웃음
가슴에
폭 담기는
알싸한 국화 내음
울 엄마
그리움처럼

그대 향기

– 시조 글벗 최봉희, 그래픽디자인 채은지

해맑은
사랑 향기
그대의 밝은 웃음

가슴에
폭 담기는
알싸한 국화 내음

울 엄마
그리움처럼
당신 품에 잠들다

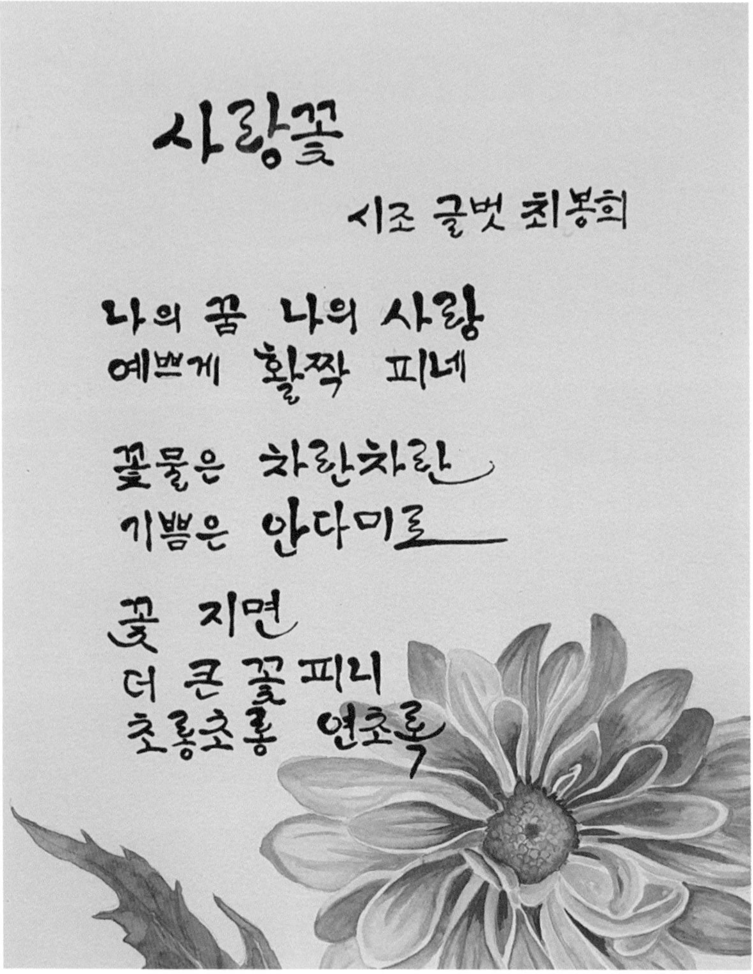

사랑꽃

시조 글벗 최봉희

나의 꿈 나의 사랑
예쁘게 활짝 피네

꽃물은 차란차란
기쁨은 안다미로

꽃 지면
더 큰 꽃 피니
초롱초롱 연초록

사랑꽃(36)

-시조 글벗 최봉희, 손글씨와 그림 박승희

나의 꿈 나의 사랑
예쁘게 활짝 피네

꽃물은 차란차란
기쁨은 안다미로

꽃 지면
더 큰 꽃 피니
초롱초롱 연초록

꽃분이 생각
시조글벗 최봉희
손글씨 박승희
언제나 꽃이 핀다
화사한 웃음으로
가슴에 사랑 가득
오늘도 싱글벙글
만나면
복이 넘치는
나의 사랑 꽃분이

꽃분이 생각

- 시조 글벗 최봉희, 손글씨와 그림 박승희

언제나 꽃이 핀다
화사한 웃음으로

가슴에 사랑 가득
오늘도 싱글벙글

만나면
복이 넘치는
나의 사랑 꽃분이

가을이 오면

구담 최성복

가을이 오는 소리 요란하기만 하다
허물 벗은 매미 창틀에 붙어
가을 온다고 소리높여 노래 부르고

길가의 금계국들도
성급한 몸짓으로 가을을 표현한다

가을이 오는 풍경 복잡스럽기만 하다
바람 타고 이리저리 떠다니는 짱아들도
오는 가을 반갑다고 춤사위 요란하다

그리운 내 님 닮은 노란 국화꽃도
이제 꽃망울 터뜨리며
이 가을을 노래하겠지

가을이 오면

- 시 구담 최성복

가을이 오는 소리 요란하기만 하다
허물 벗은 매미 창틀에 붙어
가을 온다고 소리높여 노래 부르고

길가의 금계국들도
성급한 몸짓으로 가을을 표현한다

가을이 오는 풍경 복잡스럽기만 하다
바람 타고 이리저리 떠다니는 짱아들도
오는 가을 반갑다고 춤사위 요란하다

그리운 내 님 닮은 노란 국화꽃도
이제 꽃망울 터뜨리며
이 가을을 노래하겠지

가을이 오면
보고픈 님에게 하이얀 국화꽃 한 송이
굽이굽이 여울져 흘러가는
한탄강 물 위에 띄워 보내며
나 잘 있다 말하리라

들국화의 눈물

구담 최성복

이제는
가슴속 깊이 남아있는 미련의 잔재
다 내려놓고 먼 길 떠날까 합니다
그리움이 남더라도

이제는
머릿속에 맴도는 아릿한 상념
훌훌 털어내고 여행 다녀올까 합니다
서글픔이 가슴 찌르더라도

이제는
온몸을 옭아매던 모든 인과의 사슬
토막토막 잘게 잘라서 묻을까 합니다
커다란 회한에 몸부림칠지라도

조금은 더 홀가분하게
마지막 남은 초라한 몸뚱아리
편하게 누일 자리 찾아 헤매여
고은 꿈 꾸어야겠죠

안개 내려와 희미한 산야
서러운 눈물 감추어주고
바람결에 환하게 웃는
들국화의 눈물
이내 마음이런지요

들국화의 눈물

– 시 구담 최성복

이제는
가슴속 깊이 남아있는 미련의 잔재
다 내려놓고 먼 길 떠날까 합니다
그리움이 남더라도

이제는
머릿속에 맴도는 아릿한 상념
훌훌 털어내고 여행 다녀올까 합니다
서글픔이 가슴 찌르더라도

이제는
온몸을 옭아매던 모든 인과의 사슬
토막토막 잘게 잘라서 묻을까 합니다
커다란 회한에 몸부림칠지라도

조금은 더 홀가분하게
마지막 남은 초라한 몸뚱아리
편하게 누일 자리 찾아 헤매여
고운 꿈 꾸어야겠죠

안개 내려와 희미한 산야
서러운 눈물 감추어주고
바람결에 환하게 웃는
들국화의 눈물
이내 마음이런지요

코스모스

頭松 최우상문

저 연약한 것들이
계절 오면 강한 척

가을 들길 지천
자투리땅에서 자랑뿐

곱다는 칭찬 듣고서야
허리 흔들어 답한 웨이브

넌, 나이 든 고집쟁이

코스모스

– 頭松 최우상문

저 연약한 것들이
계절 오면 강한 척

가을 들길 지천
자투리땅에서 자랑뿐

곱다는 칭찬 듣고서야
허리 흔들어 답한 웨이브

넌, 나이 든 고집쟁이

국화꽃 당신

바보 최정식

장독대 옆 모퉁이에
가을 햇살을 먹은 국화가
꽃망울 맺더니
이내 터트렸다

일에 지쳐 시름에 잠긴
우리 엄마 얼굴에 보조개로 피어
주름살을 감춘다

예쁜 꽃 한 송이를 꺾어
빈 병에 물을 채워 꽂으며
우리 엄마는 해바라기가 되었다

온돌방 모서리에 두고
시들시들 수명이 다할 때까지
오래오래 눈길을 주고 있었다

국화꽃
우리 엄마를 닮은 꽃
하늘나라에도 피어
친구가 있다고 웃음꽃이 되었다

우리 엄마 소풍 떠난 빈자리
일벌들이 날아들어
국화꽃 당신의 향기를 탐하고 있었다

국화꽃 당신

– 바보 최정식

장독대 옆 모퉁이에
가을 햇살을 먹은 국화가
꽃망울 맺더니
이내 터트렸다

일에 지쳐 시름에 잠긴
우리 엄마 얼굴에 보조개로 피어
주름살을 감춘다

예쁜 꽃 한 송이를 꺾어
빈 병에 물을 채워 꽂으며
우리 엄마는 해바라기가 되었다

온돌방 모서리에 두고
시들시들 수명이 다할 때까지
오래오래 눈길을 주고 있었다

국화꽃
우리 엄마를 닮은 꽃
하늘나라에도 피어
친구가 있다고 웃음꽃이 되었다

우리 엄마 소풍 떠난 빈자리
일벌들이 날아들어
국화꽃 당신의 향기를 탐하고 있었다

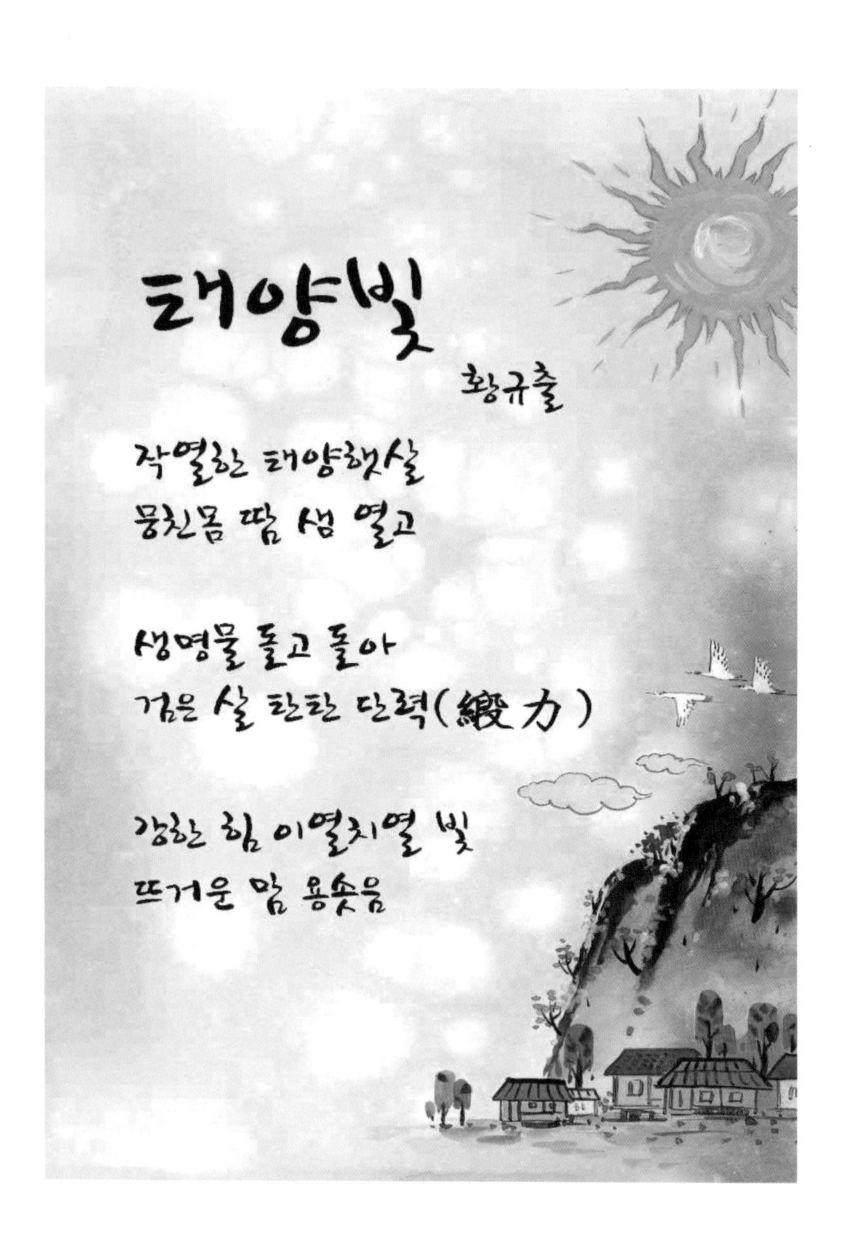
태양빛
황규출
작열한 태양햇살
뭉친몸 땀 샘 열고
생명물 돌고 돌아
검은 살 탄탄 단력(緞力)
강한 힘 이열치열 빛
뜨거운 맘 용솟음

태양빛

- 시 황규출

작열한 태양 햇살
뭉친 몸 땀샘 열고

생명물 돌고 돌아
검은 살 탄탄 단력(緞力)

강한 힘 이열치열 빛
뜨거운 맘 용솟음

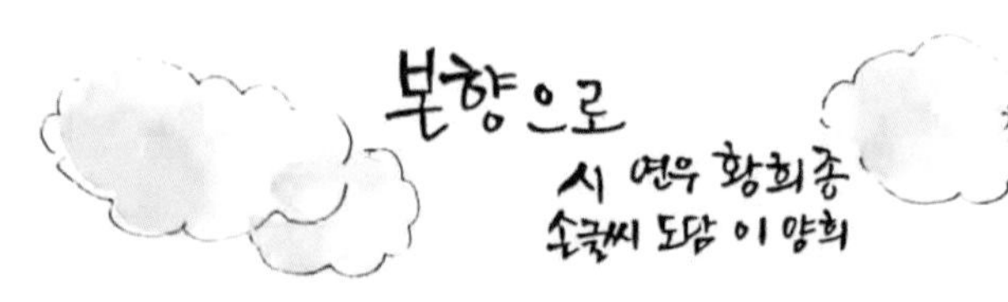
본향으로
시 연우 황희종
손글씨 도담 이양희

번성하라 창대하라
전능자의 말씀따라
열심히 살다보니
잠시잠깐
해 위 영광을 위하여
보람의 순례자 되게하셨네
주님 걸으신 험난한 그길
한걸음 한걸음 뗄때마다
함께 하는 영광의 핏방울
생명수 그치지 않는
본향으로 가는 길
천국으로 인도해주시는
귀한 걸음 걸음
무한 감사 기도와 찬양
소리 높여 부르리라
본향에 이르는 날까지

본향으로

– 시 연우 황희종, 손글씨 도담 이양희

번성하라 창대 하라
권능자의 말씀 따라
열심히 살다보니

잠시잠깐
해 위 영광을 위하여
보람의 순례자 되게 하셨네

주님 걸으신 험난한 그 길
한 걸음 한 걸음 뗄 때마다
함께 하는 영광의 핏방울

생명수 그치지 않는
본향으로 가는 길
천국으로 인도해주시는
귀한 걸음 걸음

무한 감사 기도와 찬양
소리 높여 부르리라
본향에 이르는 날까지

우리나라 꽃

연우 황희종

가을에
손주의 손을 잡고
꽃길을 걷는데
초등학교 2학년 손주가
한문을 좀 배웠다고
질문을 한다

할아버지!
우리나라꽃은
무궁화인데
국화는
어느나라 꽃인가요?

우리나라 꽃

- 시 연우 황희종

가을에
손주의 손을 잡고
꽃길을 걷는데
초등학교 2학년 손주가
한문을 좀 배웠다고
질문을 한다

할아버지!
우리나라꽃은
무궁화인데
국화는
어느 나라 꽃인가요?

□ 2023연천국화전시회꽃시화전 참여 작가 명단

1. 손글씨, 캘리그라피 참여 작가 명단

● 김영섭 작가

* 글벗문학회 캘리분과 회원
* 한국서예협회 인천서예대전 캘리그라피부문 입선/특선
* 대한민국단군서예대전 캘리그라피 부문 입선/특선
* 대한민국 한글서예대전 캘리그라피부문 우수상

● 우양순 작가

* 중문학 전공
* 글벗문학회 캘리분과 회원
* 지음캘리마을 회원
* 현 피아노학원 원장

● 윤현숙 작가

* 글벗문학회 캘리분과 회원
* 캘리그라피 &pop 강사
* 문화센터 출강
* 시언 시조 동아리 회장
* 캘리작품집 『오늘도 당근이지』

● 이양희 작가

* 글벗문학회 캘리분과 회원
* 꼼지락캘리, 엽서 캘리,
* Yanghee's 캘리로 활동 중
* 캘리그라피 2급 자격증

● 채은지 작가

* 이명주 시집『내 가슴에 핀 꽃』표지디자인
* 최봉희 시집 『사랑꽃2』 표지디자인
* 이명주 시집 『커피 한 잔 할까요?』표지디자인

● 김기성 작가

*인문학 캘리 '다붓이' 회원
*제31회 대한민국 서예 전라회 캘리그라피 부문 입선
* 제22회 관설당 전국서예대전 캘리그라피 부분 우수상
* (사) 한국서가협회 제15회 경상ㄴ마도 서예전람회 입선
*제10회 양동마을 구제서예대전 캘리그라피부문 입선

● 박승희 작가

* 국내전 100회 이상(예술의전당,코엑스 등)
* 국제전 (미국, 프랑스, 홍콩, 일본, 말레이시아)
* 2020~2021 프랑스 루브르박물관 아트 쇼핑 전시
벽화 150여 곳 이상 (관공서,학교 등)
* 현) 한국전업미술가협회 청년분과 부위원장

● 박도일 작가

*경북 경산 출생
*영남대학교 국어국문학과 동대학원 한문학 전공
*운문승가대학, 서라벌대학 외래교수, 한국예총 경산지회장 역임
* 한국캘리그라피손글씨협회 이사장
*대한민국서예대전 국전 초대작가 심사위원
*장산서예원 원장

2. 2023연천국화전시회꽃시화전 참여 시인 명단

작가명		작품명	수록면
1. 강자앤	* 대한문학세계 시 부문 등단 * 글벗문학회 회원 * (사)창작문학예술인협의회 회원 * 시집 『꿈꾸는 별』, 『러브레터』, 『기다려보네 사랑이여』 『사랑이여 눈물이여』	가을에 그린 그림 동행(6)	11 13
2. 강종원	* 1961년생 * 경북 안동 거주 * 글벗문학회 회원	꽃 소금	15 17
3. 고정숙	* 경희대학교 국어국문학과졸 * 계간문에 국제문단시 등단 * 국제문단 산문상 * 국제문인협회 부회장겸 재정국장 * 시집 『매일 피는 꽃』, 『지나고 보니 삶이어라』	가을 속의 국화 국화의 계절	19 21
4. 곽정순	* 1957년 인천 출생 * 현대문학사조 현 부회장 * 2018년 수필 신인상 당선 * 글벗문학회, 수지문학회, 한국바다문인협회 회원 * 동인지 "내 허락없인 아프지 도마" 외 현재 20집 출간	공생과 나눔 무궁화꽃	23 25
5. 김고은향	* 한국문협 회원 * 한국불교문인협회회원 * 저서 『거울 속으로』 『우리가 사랑하는 것들』 『 잠시 뒤돌아 보며』 등 * 현) 동두천시청 근무 * 현) 서정대학교 겸임교수	그 꽃 소꿉친구	27 29

작가명	약력	작품명	수록면
6. 김나경	* (사)한국문인협회 정회원 * (사)한국문인협회 포천지부 사무국장 * 한국 작가 21년 신인문학상 수상 * 글벗문학회 정회원 * 한국 치매 예방 놀이연구소 대표	님아 마술사	31 33
7. 김명희	* 경북 예천에서 태어남 * 2004년 한겨레 문학 등단 * 한국문인협회 회원 * 원송문학회 회원 * 가온재가복지센터 센터장	꽃잎	35
8. 김순해	* 시인 * 연천재인식당 대표	가을비 산길	37 39
9. 김인수	* 대한문학세계 시 부문 등단 * 대한문인협회 회원 * 글벗문학회 회원 * 안산문인협회 회원 * 해바라기꽃집 운영	가을의 속삭임	41
10. 김재기	* 경기도 연천군 거주 * 종자와시인박물관 관리부장	가을맞이	43

작가명	약력	작품명	수록면
11. 김정숙	글벗문학회 회원 파주 한가람유치원 원장	국화꽃 유치원	45
12. 김정숙	*한국문인협회 회원 *지구문학 신인상 당선 *지구문학작가회의 회원 *지구문학작가회의 부회장	행복이 넘치 는 하루	47
13. 김정현	*대구 거주 *글벗문학회 회원 *종합문예유성 글로벌문예대학교 문예창작과 졸업 *종합문예유성글로벌문인협회 회원	가을의 선물	49
14. 김주화	* 월간 시사문단으로 등단 * 한국예술인협회, 글벗문학회 한국시사문단작 가협회 회원, 북한강축제추진위원, 빈여백동인 * 제16회 풀잎문학상 수상, 제2회 한국 뇌병변 인 상 가족상 수상, 철도역사 시화전 제11회 최우수상, 글벗 백일장 8회 대상 수상 * 시집 『사월의 크리스마스』 베스트셀러작 가 『눈물로 그리는 그림』	가을을 품은 국화	51
15. 김지희	* 글벗문학회 회원 * 계간 글벗 시조 신인상 수상 등단 * 시집- 『슬픈 사랑 긴 그리움』 『그냥 보고싶습니다』	그리움 백연 빗줄기에	53 55

작가명	약력	작품명	수록면
16. 김희추	* 2021서정문학 시부문 등단 * 한국문인협회 서정문학연구위원 * 서정문학 운영위원 * 한국문인협회 진도지부 회원 * 글벗문학회 회원 * 효경실버홈 대표	국화	57
17. 나일환	* 충남 세종시 거주 * 글벗문학회 회원 * 파주문인협회 회원 * 사진작가협회 회원 * 사진작가협회자문원	달밤을 지새며	59
18. 박공수	*문예운동 시 등단 *한국문인협회, 안양문협 회원 *글길문학동인회 부회장, 천수문학, 밀레니엄문학 회원 *종자와시인박물관 시비 「창문」 건립 *시집 『대륙의 손잡이』 외 공저 다수	단풍	61
19. 박귀자	*경남 울산출생 *한국시조문학 신인상 수상 *독도 플레시 봄 공동공저 *시사문단 문학상 수상 *글벗문학회 정회원	연천리의 희망 들국화 신호 여름연시	63 65 67 69
20. 박도일	*문학세계 시, 한국청소년신문 신춘문에 시 부문 등단 *금제문학상 수상 *시집 「그대가 그리울 때 나를 본다」 외 2권	운전인생	71

작가명	약력	작품명	수록면
21. 박은주	*경기도 연천군 거주 *연천군농업기술센터 근무	가을 꽃길	73
22. 박하경	* 1961년 보성 출생, 호: 秀重 * 한국문인협회 회원. 한국 * 소설가협회 회원 / 세계모던포엠작가회 회원 / 광주문인협회 회원 * 한국문학예술인협회 부회장 * 시인(국제문학바탕), 수필가(월간모던포엠), 소설가(월간문학)	개망초 누구나 한번쯤 섬이기를 모란화	75 77 79
23. 박하영	* 오산시 거주 * 글벗문학회 회원 * 제2회 한탄강전국백일장장려상 입상	국화의 침묵 희망 마중	81 83
24. 방서남	*전남 영광군 불갑면 출생 *서울시 강북구 거주 *고구려대학교, 한국방송통신대 졸업 *현재 문예춘추 재무이사로 활동 중 *세계의 시 문학상 윌리암버틀러에이츠 문학상 수상	가을 너스레 바람과 속삭이는 문필봉 살짝궁 마음 열어 보리수 붉은입술	85 87 89 91
25. 배창용	*경기연천군 거주 *연천농업기술센터 근무	금동리 은행나무와 국화	93

작가명	약력	작품명	수록면
26. 서금아	* 글벗문학회 회원 * 문예춘추 시 부문 신인 문학상 수상 등단 * 시인부락 동인	가을 물든 빨간 국화	95
27. 성명순	*한국문인협회 회원, 국제PEN한국본부 이사, 세종학교육원 전문위원 *《청암문학》 신인상 등단(동시) * 황금찬 문학상, 제9회 한국농촌문학상 수상, 수원예술인상, * 시집 『시간 여행』, 『나무의 소리』, 한.독시집 『하얀 비밀』 출간	소국이 필 때	97
28. 성의순	* 2012년 서울문학 가을호 신인상 수상 수필 등단 * 글벗문학회 회원 * 성균관 부관장, 우계문화재단 이사 * 제8회 글벗백일장 우수상 수상 * 저서 시집 『열두 띠 동물 이야기』 공저 『다시 돌아온 텃새의 이야기』	국화꽃 축제 현성관	99 101
29. 송미옥	*제주 거주 *계간 글벗 신인문학상 수상 시부문 등단 * 제주도 북카페 책갈피 속 풍경 *시집 『자연을 담다』	수레국화	103
30. 신광순	* 시인, 수필가 * 기호문학 발행인, 종자와시인박물관 관장 * 제8회 흙의문학상 수상 * 시집 『코스모스를 찾아서』『모든 게 거기 그대로 있었다』, 『하늘을 위하여』, 『땅을 위하여』,산문집 『불효자』, 『생일 축하합니다.』, 『사람은 죽어서 기저귀를 남긴다』, 『잃어버린 용서를 찾아서』, 『백지고백성사』 등	당신 앞에 꽃을 피우고 싶어	105

작가명	약력	작품명	수록면
31. 신복록	* 서울 강북구 거주 * 계간 글벗 2020년 여름호 시조 등단 * 글벗문학회 정회원 * 시집 『그녀에게 가는 길』 『그리움을 안고 산다』	가을 향기	107
32. 신위식	* 경기도 파주 거주 * 한국문인협회 회원 * 파주문협 시분과장 * 나라사랑문협, 인사동시인협회 부회장 * 탐미문학상, 월파문학상 수상	도토리	113
33. 신순희	* 2016 민주문학등단. 시 부문 * 민주문학 계간지 공저 * 2018청옥문학 시조 부문 등단 * 청옥문학 계간지 공저 * 시집 『풍경이 있는 자리』	분재국화 고독이 주는 위안	109 111
34. 신준희	* 문예운동 시 당선 * 2018년 동아일보 신춘문예 당선 * 천수문학, 열린시조문학 회원 * 글길문학동인회회 부회장 * 시집 『체온을 파는 여자』, 『구두를 신고 하늘을 날다』	고흐의 해바라기	115
35. 유영서	* 대한 문학세계 시 부문 등단 * 현 대한문인협회 예술인 협회 인천지회 지회장 * 수상 전국 짧은 시 짓기 공모전 대상 외 다수 * 시집 『탐하다 시를』 『지우는 마음도 푸른 물든다』 『구름 정류장』	낙엽 들국화	117 119

작가명	약력	작품명	수록면
36. 윤소영	*제주도 거주 *종합문예 유성 시 부문 등단 *글벗문학회 정회원 *첫 시집 『늦게 피는 꽃』 발간	글꽃 피다 수국꽃 씨앗으로 연천의 향수	121 123 125 127
37. 윤수자	* 월간 〈순수문학〉 시 부분 등단 * 글벗문학회 회원 *시집 『인연의 향기』	나도 너와 닮으리	129
38. 윤현숙	* 글벗문학회 캘리분과 회원 * 캘리그라피 &pop 강사 * 문화센터 출강 * 시언 시조 동아리 회장 * 캘리작품집 『오늘도 당근이지』	사랑꽃	131
39. 이광범	* 홍천 출생 * 한국문학동인회 등단 * 대한문학세계 등단 * 글벗문학회 회원 * 시집 『봄 그리워 다시 봄』	자두꽃	133
40. 이국범	* 충남서산 출생 * 국화분재전문가 * 연천농업기술센터 근무	국화의 일생	135

작가명	약력	작품명	수록면
41. 이경숙	* 한국 지역사회 교육협의회 * 예절,다도,전문 지도자 * 한국 종이접기 협회 종이접기 사범 * 한국국학진흥원 이야기 할머니 (전) * 원주향교 창의인성교실 교관	무궁화	137
42. 이기주	* 한맥문학 시부분 신인상 등단 * 글벗문학회 회원 * 한맥문학 이달의 시인 선정 * 제10회 글벗문학상 수상 * 창작가곡 성가곡 시 공모전 당선 * 시집 『노을에 기댄 그리움』 『세월이 못 지운 그리움』, 『꽃들이 전해준 안부』	국화꽃 애가 꽃차를마시며	139 141
43. 이남섭	* 강원 양구 출생 * 글벗문학회 회원 * 한국문인협회 회원 * 마음의 행간 회원 * 양천문인협회 부회장 역임 * 시집 '빨간뱀'	바람	143
44. 이도영	*좋은문학 창작예술인협회 시, 수필, 동시 등단 *좋은문학 창작예술인협회 작가상 수상 *시 부문 창작예술문학대상 수상 *좋은문학창작예술인협회 회장 *글벗문학회 회원 *시집 『은혜속에 피어난 꽃』 외 8권	일편단심 민들레야	145
45. 이명주	* 계간 글벗 시조부문 등단 * 글벗문학회 정회원 * 제12회 글벗백일장 최우수상 수상 * 시집 『내 가슴에 핀 꽃』, 『커피 한 잔 할까요』, 『아, 가을이다. 그대가 그리운』, 『너에게로 가는 길』	소국(1) 소국(2) 소국(3)	191

작가명	약력	작품명	수록면
46. 이상호	*현대문학사조 시, 시조 등단 *한국문인협회 회원 *바다문인협회 회원 *강남문인협회 회원 *현대문예사조 회장 *시집 『달빛 삼킨 돌이 걷는다』	꽃중의 꽃 초충화	153 155
47. 이서연	* 한국문인협회, 글벗문학회 회원 * 한국문협 제27대 70년사 편찬위원 * 지구문학 감사, 담쟁이문학회 부회장, 현대계간문학 운영이사 작가회 부회장, 시마을문학 고문과 자문위원 * 제9회 글벗문학상 수상, 제27회 전국 예술대회 대상 * 시집 『꼬마 선생님』	가을꽃 시화전 연꽃	157 159 161
48. 이숙자	*경기도 파주 거주 *한국문인협회 파주지부 회원 *제2회 한탄강전국백일장대회 최우수상	해바라기	163
49. 이순옥	* 2004년 월간 모던포엠 시부문 등단 * 한국문인협회, 세계모던포엠작가회 회원, 全人文學, 경기광주문인협회, 백제문학, 착각의 시학, 글벗문학회 회원 * 월간모던포엠 경기지회장 * 제3회 잡지협회 수기공모 동상수상, 제 1회 매헌문학상 본상수상 * 제12회 모던포엠 문학상. 착각의시학 한국창작문학상 대상 수상 * 저서 월영가, 하월가, 상월가	산국 책갈피 속 쑥부쟁이 피어나다	165 167
50. 이승아	*남양주시 거주 *아시아문예, 심정문학 시부문 등단 *아시암문예, 심정문학 회원 *남양주시인협회 회원	단풍	169

작가명	약력	작품명	수록면
51. 이양희	* 경기도 고양시 거주 * 글벗문학회 회원 * 제1회 한탄강전국백일장 수필부문 우수상 수상 * 꼼지락캘리, 엽서 캘리, * Yanghee's 캘리로 활동 중	꽃 시화전	171
52. 이종갑	* 경기도 곤지암 거주 * 글벗문학회 회원 * 봉선화 식품 대표 * 평생 소금 장사 50년 * 봉선화길 조성(우리 꽃 지키미 활동) * 대장암 말기 47회 항암 극복	세월이 익었다	172
53. 이지아	* 대구 거주 * 시인, 작사가, 가수 * 종합문예 유성 시, 동시 등단 * 글벗문학회 회원	국화꽃연가 사랑의 의미	175 177
54. 이현수레지나	* 월간 문학바탕 수필 부문 신인문학상 수상 * 2006년 노원문학상 우수상 * 2007년 노원문학상 대상 * 국제문학바탕문인협회 정회원 공저 "시의 사색 산문의 여유" 시,수필집 2020년 "시간이 멈출 때까지	꽃잎이 피고 지고 나면 꽃이여	179 181
55. 임석순	*대한문인협회 대전충청지회 정회원 *〈수상〉코벤트가든문학상 대상 김해일보 영상시 신춘문예 전체 대상 대한문협 한국문학 올해의 작품상 대한문협 한국문학 올해의 시인상 * 〈시집〉 "계수나무에 핀 련꽃"	국화꽃 한 아름	183

작가명	약력	작품명	수록면
56. 임재화	* (사)대한문인협회, 글벗문학회정회원, 대한문인협회 저작권옹호위원회위원장, 글벗문학회 수석부회장, 한국가곡작사가협회 이사 * 한국문학공로상수상, 베스트셀러작가상 2회 수상, 한국문학예술인 금상수상 * 저서 『대숲에서』 『들국화연가』 『그대의 향기』	들국화 연가	185
57. 임효숙	* 현재 서울시 강서구 거주 * 글벗문학회 정회원 * 글벗문학회 시화전 출품 * 은가람시낭송회 정회원 * 시집 『글이 나의 벗 되다』	국화 향기 앞에서 들길이 맛나다	187 189
58. 장기숙	*2003년 《 열린시학》 시조, 2020년 수필 등단, * 한국문인협회 월간문학상, 한국시조시인협회 작품상, 한용운문학상, 열린시학상, 한국여성시조문학상 *[저서] 『널문리의 봄』 현 대시조100인선 『물푸레나무』 『삐죽구두 할멈』 외 다수	들국화	191
59. 전현하	*충북 옥천 출생 *한국문인협회, 한국시조시인협회 회원 *현대시조동인문학회 부회장, 군포문협 지부장 역임, 현대시조사 편집인 *1987현대시조신인문학상 신인상 당선 *1988시조문학 추천완료, 현대시조문학상, 군포문학상 수상 *저서 『창가에 머문 달빛』, 『계절이 남긴 지문』	억새꽃	193
60. 정옥령	* 대한문학세계 시 부문 등단 * (사) 창작문학예술인협의회 회원 * 시를 꿈꾸다 회원 * 글벗 문학회 회원 * 반야중기 대표	같이 걸어요 양귀비	195 197

작가명	약력	작품명	수록면
61. 정재대	* 출생지:경북 예천 * 거주지:서울 * 제11회 한국문단 낭만시인 공모전 시조 부문 우수상 수상 * 제12회 한국문단 낭만시인 공모전 시조 부문 최우수상 수상 * 저서『돌에 핀 꽃』,『공존의 강』	나그네	199
62. 정지우	* 부산 동주대학 패션디자인과 졸업 * 한국통신대학 국어국문학과 졸업 * 부산불교문학 신인상 수상 등단 * 시화전 작품상, 국민연금 생활수기 전국 우수상, 시니어 50 신한은행 공동주최 신춘문예 장려상 수상 * 현재 경남매일 시 수필 1년 연재중	국화	201
63. 정태운	*1일1시시인 · 사랑시인 *부산시청소년지도시문학대상 · 부산문협회장상, 문체부장관문학공로상 · 문학사랑문학상대상 · 문학고을작가대상 · 경남도지사문화예술대상 · 문학신문올해의최우수작가상 · 오사카문학상 · 동양문학대상외 다수수상 *시집:『또다시 이별 위에 설 것을 알면서』 외 5권	뽀리뱅이	203
64. 조인형	*문예춘추 시 등단 *문예춘추 이사, 글벗문학회 회원 *한국문인협회 회원 *(사) 한국육필문회보존회 제1회 프레데이크 문학상 수상 *저서 시집 『73세의 여드름』 『영혼의 소릿결』 『마음에 피는 꽃』	청춘은 아직도 살아있다	205
65. 조현상	* 경기 연천출생. * 2004년《책과 인생》 수필 등단, 2009년《조선문학》시 등단, 2016년《시조시학》시조 등단, 2016 중앙일보시조백일장 입상, 2021 도봉문학상, 2022 한탄강문학상 금상 수상. * 저서 : 시집『명주솜 봄햇살』. 수필집『세월』, 시조집 『송화松花, 붓끝에 피다』 시조집『삼팔선 빗소리』	가을 붉은 소리	207

작가명	약력	작품명	수록면
66. 차상일	* 전남 장성출생 * 단국대학교 졸업. * 글벗문학회 회원 * (주)한국금속 운영. * 플러스주식회사 운영.	달맞이꽃	209
67. 채찬석	*교육수필가 *교장으로 정년 퇴직 *수원문협 이사, 군포문협회원 *종자와시인박물관 시비 『명함』 건립 *저서 『꿈을 위한 서곡』, 『친구야 세상이 얼마나 아름다운지 아니,』 『자녀의 성공은 만들어진다』	바오밥나무	211
68. 최가을	* 서울특별시 동소문동 출생	염원 이야기	213
69. 최기창	* 글벗문학회 회원 * 상지대학교 재활상담학과 교수 * 저서『돌담한줄』『엄마』, 『돌담한줄2』『인생 한줄 웃음 한줄』	사랑 마음	215
70. 최봉희	* 시조문학 등단, 문예사조 수필 등단 * 한국문인협회, 국제펜클럽 회원 * 계간 글벗 편집주간, 글벗문학회 회장 * 제30회 샘터시조상 수상(월간 샘터) * 종자와시인박물관 시비 공원「사랑꽃」 건립(2018) * 저서 시조집『사랑꽃1,2,3권』,『꽃 따라 풀잎 따라』,『산에 들에 피는 우리꽃 1~3권』, 수필집『사랑은 동사다』,『봉주리 선생』	가을에 꽃 피다 그대 생각 사랑꽃 꽃분이 생각	217 219 221 223

작가명	약력	작품명	수록면
71. 최성복	*서울특별시 동소문동 출생 *계간 문학예술 시 부문 등단 *한국문인협회, 한국시인협회, 한국문학예술가협회 회원 *한국문학예술가협회 서울.경기지회 사무국장	가을이 오면 들국화의 눈물	225 227
72. 최우상문	*한국문인협회 회원 *1983년 현대문학 수필등단 * 2010년 아세아문예사 시 등단 * 저서 수필집 『두 어머니』 시집: 『해바라기의 꿈』 외 4권 작사 〈내 고향 두미도〉 외3 곡	코스모스	229
73. 최정식	*전북 정읍 태인 출생 *전주대 국어국문학과 졸업 *육근대학, 전남대 행정대학원 졸업 *글벗문학회 회원 *계간 글벗 수필 신인문학상 수상 등단 *수필집 『바보 아빠』	국화꽃 당신	231
74. 황규출	* 경남대 국어국문학과 졸업 * ROTC 25기 임관 육군 소령 예편 * 현대시선 시부분 신인상 등단 * 글벗문학회 회원 * 현대시선 베스트 장원 수상 * 열린동해문학 작가문학상 수상	태양빛	233
75. 황희종	*문학세계 수필, 계간 글벗 시 등단 *전) 한국작가회의고양지부 이사 *전) 상황문학 문인회 이사 *한국기독교문인협회 회원 *글벗문학회 회원 *저서 시집 『저 높은 곳을 향하여』	본향으로 우리나라꽃	235 237

■글벗시선207 2023연천국화꽃전시회꽃시화전작품집

당신 앞에 꽃을 피우고 싶어서

인 쇄 일 2023년 10월 30일
발 행 일 2022년 10월 30일
지 은 이 신 광 순 외
펴 낸 이 한 주 희
펴 낸 곳 도서출판 글벗
출판등록 2007. 10. 29(제406-2007-100호)
주 소 경기도 파주시 와석순환로 16, 905동 1104호
(야당동, 롯데캐슬파크타운)
홈페이지 http://guelbut.co.kr
http://cafe.daum.net/geulbutsarang
E - mail pajuhumanbook@hanmail.net
전화번호 031-957-1461
팩 스 031-957-7319
정 가 20,000원
ISBN 978-89-6533-268-8 04810